# A GAROTA DRAGÃO

LICIA TROISI

# A GAROTA DRAGÃO

### III – A CLEPSIDRA DE ALDIBAH

Tradução
Aline Leal

**ROCCO**
JOVENS LEITORES

*Para Irene,*
*que esteve comigo em cada palavra.*

Título original:
La Ragazza Drago
III – La Clessidra di Aldibah

Copyright © 2010 Arnoldo Mondadori Editore S.p.A., Milão

Direitos para a língua portuguesa reservados
com exclusividade para o Brasil à
EDITORA ROCCO LTDA.
Av. Presidente Wilson, 231 – 8º andar
20030-021 – Rio de Janeiro, RJ
Tel.: (21) 3525-2000 – Fax: (21) 3525-2001
rocco@rocco.com.br | www.rocco.com.br

*Printed in Brazil*/Impresso no Brasil

preparação de originais
MILENA VARGAS

CIP-Brasil. Catalogação na Publicação
Sindicato Nacional dos Editores de Livros, RJ

T764c

Troisi, Licia, 1980-
  A Clepsidra de Aldibah / Licia Troisi; Tradução: Aline Leal.
Primeira edição. Rio de Janeiro: Rocco Jovens Leitores, 2016.
  (A Garota Dragão; 3)

  Tradução de: La ragazza drago III: la Clessidra di Aldibah
  ISBN 978-85-7980-261-4

  1. Ficção infantojuvenil italiana. I. Leal, Aline. II. Título.
III. Série.

15-25934
CDD: 028.5
CDU: 087.5

Este livro obedece às normas do
Acordo Ortográfico da Língua Portuguesa.

# Sumário

| | |
|---|---|
| Prólogo | 7 |
| 1. A Gema se apaga | 13 |
| 2. Munique | 25 |
| 3. Tudo acontece de repente | 38 |
| 4. A Senhora dos Tempos | 52 |
| 5. Noite no museu | 62 |
| 6. Effi encontra Effi | 76 |
| 7. As peças se movem | 90 |
| 8. Na cola de Karl | 103 |
| 9. Nida em Munique | 114 |
| 10. No parque à noite | 120 |
| 11. O rumo dos acontecimentos | 133 |
| 12. Futuro incerto | 144 |
| 13. A casa da bruxa | 157 |
| 14. A história se repete | 169 |
| 15. Traição | 183 |
| 16. A roca solitária | 190 |
| 17. À mesa com o inimigo | 202 |
| 18. Lá onde tudo começou | 214 |
| 19. O preço | 227 |
| 20. Vitória e derrota | 237 |
| Epílogo | 249 |

# Prólogo

Era uma gélida noite de fevereiro. Soprava um vento cortante, que chicoteava a praça deserta.

Nenhuma lua no céu, somente um manto pesado de nuvens baixas. Os lampiões lançavam uma luz funérea nas grandes pedras da rua. Na fachada do Rathaus desenhavam-se sombras inquietantes entre os ornamentos góticos e as gárgulas. Marienplatz tinha um aspecto distante naquela noite.

Karl, parado no meio daquele espaço vazio, fechou a gola do sobretudo com a mão enluvada. Estava em casa, em sua cidade, no lugar onde vivera os treze anos de sua breve existência. Mas Munique mostrava um rosto que ele não reconhecia.

Ela estava ali, na frente dele. Alta, esguia, belíssima. Apesar do frio, usava apenas uma regata branca de corte masculino que deixava os ombros, torneados e levemente musculosos, nus sob as rajadas do vento. Uma calça *preta de couro envolvia suas pernas compridas e esbeltas, enfiada dentro de um par de grandes botinas até os joelhos. Os cabelos loiros estavam cortados bem curtos, e um pontilhado de sardas dava um aspecto gentil ao seu rosto. Talvez a confundissem com uma inofensiva garota um pouco punk, mas a expressão em sua face e sobretudo as chamas negras que envolviam sua mão direita diziam algo completamente diferente.*

*Karl fechou os olhos somente um instante, então sentiu. Aldibah, o dragão que vivia nele. Era uma presença que aprendera a reconhecer desde muito pequeno, desde que se lembrava.*

*Grandes asas azuis apareceram em suas costas, inflando-se ao vento.*

*Quando abriu as pálpebras, seus olhos não tinham mais o habitual azul desbotado: estavam amarelos, e a pupila era uma fenda fina como a dos répteis.*

*– Me dê o fruto – disse com voz firme, tentando simular uma segurança que não tinha.*

*Nida sorriu com sarcasmo. Sua mão esquerda apertava os cordões de uma bolsa de veludo que continha algo esférico. Karl conseguira entrever o que era por um instante, antes que ela colocasse lá dentro. Era um globo azul, no qual espirais de todas as tonalidades dessa cor turbilhonavam. O poder benéfico que sentira emanar do objeto o aquecera, lhe dera força. Mas agora essa percepção estava cada vez mais fraca. Aquela bolsa devia aprisionar seus poderes.*

*– Claro, está aqui para você. Por que não vem pegá-lo? – respondeu a garota com um olhar de desafio.*

# Prólogo

Karl levantou voo, e no mesmo instante seu braço direito se transformou na garra de um dragão azul-escuro. Jogou-se em cima de Nida, mas ela já havia mudado de lugar quando ele tocou o solo. Agora estava atrás dele, podia senti-la. Virou-se de repente, de novo em posição de ataque.

Não houve tempo para ela reagir: de sua garra serpeou um raio azul que fendeu o ar e circundou a coluna que reinava no centro da praça.

A estátua dourada que se destacava no topo pareceu ser percorrida por um arrepio antes que a base se congelasse em um instante.

Mas Nida se esquivou do golpe com agilidade e agora olhava Karl da garupa de uma gárgula com as fauces escancaradas, que parecia quase tirar sarro dele.

– Você não está à minha altura – comentou com uma risada de desdém.

– É o que você pensa – rebateu Karl entredentes, e, sem hesitar, lançou uma rajada de raios congelantes contra a sinuosa figura da garota, que escapava deles, um a um, com a graça de uma bailarina. Mas o último, o mais forte, acertou o alvo, e os pés dela foram envolvidos por uma grossa camada de gelo que a imobilizou no chão, impedindo-a de fugir. Karl foi para cima dela no mesmo instante e, com um golpe de garras, obrigou-a a soltar a bolsa, que caiu no solo tilintando e rolando por dois metros. O menino fez menção de se jogar sobre o fruto, mas Nida conseguiu esticar o tronco na direção dele e o paralisou, apertando seus braços na altura dos quadris.

## A Garota Dragão

*O sorriso feroz que se pintou em seu rosto foi a última coisa que Karl viu antes de enxergar as verdadeiras feições de Nida: em um ciciar, sua face delicada se deformou no focinho de um réptil, e seus lábios macios se rasgaram em uma risadinha demoníaca, aberta em uma arcada de dentes afiados como punhais. A pele tornou-se fria e escamosa e inflamou-se em uma fogueira de chamas negras que envolveu os dois.*

Não se deixe impressionar pela aparência, ela só quer assustar você!

*Karl concentrou-se nas palavras de Aldibah e encontrou forças para reagir: com as garras, atingiu o braço da adversária, conseguindo reconquistar a liberdade e ir para uma distância segura. Mas o ataque não ocorreu sem consequências. Sentia cada fibra do corpo gritar de dor e a respiração lhe faltar.*

Resista, você pode conseguir. Não está sozinho...
*A voz de Aldibah ficou mais fraca.*

*Ouviu Nida avançar devagar, e os passos dela, amortecidos sobre as pedras da praça, se aproximavam cada vez mais. Mas não conseguia se levantar. As queimaduras provocadas pelas chamas doíam loucamente. Quando reabriu os olhos, viu que a pele azul de sua garra estava aberta e manchada de preto. Enfim os passos pararam e Karl levantou o olhar. Nida estava acima dele. Sorria. O mesmo sorriso diabólico que mostrara desde o início daquele embate. Karl tentou um novo ataque, mas suas garras fincaram-se no calçamento de pedra.*

– Patético – sibilou ela.

# Prólogo

Uma dor surda explodiu sob o maxilar de Karl, enchendo seus olhos de centelhas acinzentadas. Nida lhe desferira um chute potentíssimo. Caiu virado para cima, e o gelo da pedra embaixo das costas o deixou arrepiado.

– Acabou, fedelho! – exclamou Nida triunfante, pousando o pé em seu peito.

Depois ficou séria e fechou os olhos. Karl sentiu uma vibração surda embaixo das costas. Era uma espécie de terremoto, algo vibrando no chão, como se um imenso animal, debaixo da praça, estivesse voltando à vida e tentasse se livrar das pedras e dos edifícios sobre ele.

Karl instintivamente levou o olhar ao Rathaus e viu o inimaginável: no lado direito da fachada, embaixo, havia um pequeno dragão de chumbo. Ele o conhecia bem: Effi sempre o indicava quando passavam por aquelas bandas. "Os dragões deixaram rastros por toda parte, como você vê. Os homens não os esqueceram e os representam nas obras de arte."

Karl era fascinado por aquele dragão e sempre o examinava com interesse quando passeava em frente à prefeitura. Costumava imaginar que à noite ele ganhava vida e dava uma volta na praça, mas era apenas uma fantasia boba de menino. Ainda assim, agora aquele dragão se mexia de verdade. Karl viu sua cauda balançar, seu focinho se curvar para cheirar o ar e, enfim, seu olhar pousar nele.

Seus olhos não tinham mais nada de tranquilizador e o examinavam, malignos.

Desceu depressa a fachada, enquanto outras criaturas despertavam no palácio. As gárgulas se soltavam da pedra *e esticavam os membros, como se tirassem de cima o torpor dos séculos, e devagar desciam para o chão, agarrando-se como aranhas a agulhas e pináculos. O Rathaus inteiro era um fervilhar obsceno de figuras que fervilhavam em direção à praça, inundando-a como insetos.*

*Karl tentou se levantar do chão com as poucas forças que lhe restavam, mas o pé de Nida não se mexia um milímetro. Seu corpo estava envolvido por chamas enegrecidas, que agora também lambiam seu peito, apertando-o em uma mordida gélida.*

*Karl gritou, mas não havia ninguém que pudesse acolher sua súplica de socorro. Nenhum passante, àquela hora da madrugada e com aquele frio. Apenas o cinza impiedoso de um céu sem lua, sobre ele.*

*Nida abriu os olhos de repente e sorriu, vitoriosa.*

*– Adeus! – berrou, dando um salto que seria impossível para um ser humano normal.*

*Karl tentou se levantar, mas aquele último ataque o privara de qualquer força. Começou a se arrastar na pedra, enquanto as asas em suas costas se recolhiam e seu braço voltava a ser o roliço e rosado do menino que era. Mal teve tempo de ver Nida pegando a bolsa do chão e desparecendo depressa em direção à Kaufingerstrasse.*

*Então o exército de gárgulas foi para cima dele, e tudo se apagou no gelo e no silêncio.*

# 1
# A Gema se apaga

Aconteceu sem nenhum aviso prévio. Uma forte sensação de vertigem, um aperto no peito, e o chão pareceu desmoronar.

Sofia estava em seu quarto e pensou que fosse um terremoto.

Já Lidja não teve dúvidas: estava de frente para a Gema, sentada no chão com as pernas cruzadas e os olhos fechados para extrair o máximo de seu poder. Arregalou os olhos de repente e viu.

A Gema da Árvore do Mundo estava se apagando. Enfraqueceu-se aos poucos, até escurecer por completo.

Agora era apenas um simples botão, daqueles que, na primavera, podiam ser contados às centenas nas árvores do bosque em volta da mansão. A sala do calabouço permaneceu iluminada apenas pela luz difusa das tochas penduradas na parede, e todo o ambiente assumiu um ar espectral.

Durou pelo menos um minuto, um minuto durante o qual Lidja se sentiu completamente perdida. O pânico cresceu e a imobilizou onde estava, impedindo-a de fazer a coisa mais óbvia: subir para a mansão e dar o alarme.

Então, pouco a pouco, a Gema voltou a pulsar, primeiro timidamente, depois com mais vigor. Sua luz tornou a clarear a sala, mas não estava tão brilhante como antes. Parecia ter perdido parte do esplendor, ainda que de modo imperceptível. Como se o encanto houvesse se partido.

Lidja pulou feito uma mola, e no mesmo instante Sofia tomou coragem e saiu de seu quarto para correr ao andar de baixo.

Encontraram-se aos pés da árvore que reinava no centro da casa.

– Você também sentiu? – perguntou Sofia com o coração na boca.

– A Gema se apagou! – gritou Lidja, transtornada.

O rosto de Sofia ficou branco.

A Gema.

Apagada.

– Professor! – gritaram em uníssono antes de partirem à procura do professor Schlafen.

Elas o encontraram na estufa atrás da mansão, apesar da hora avançada. Ultimamente o professor

## A Gema se apaga

havia descoberto uma paixão pelas plantas tropicais – cactos e orquídeas, sobretudo –, à qual dedicava grande parte de seu tempo livre.

Foi surpreendido enquanto transplantava uma esplêndida planta com flores brancas salpicadas de roxo: operação que podia ser realizada apenas de madrugada para aquela espécie tão delicada quanto rara.

– Professor, aconteceu uma coisa terrível! – começou Sofia.

O rosto dele anuviou-se.

– Eu tive a impressão de ter sentido algo estranho...

Voltaram para o calabouço, diante da Gema. O professor acariciava a barba, pensativo, ajeitando os óculos no nariz o tempo todo, um gesto que fazia sempre que estava nervoso ou preocupado.

– Eu também senti uma forte tontura, a sensação de que algo terrível estava acontecendo, mas pensei que fosse só uma impressão... algo pouco importante – confessou, examinando a Gema com seriedade.

Lidja remexia as mãos.

– O que acha que está acontecendo?

O professor pensou algum tempo antes de responder:

– Não consigo entender o que pode ter causado o enfraquecimento da Gema.

A Garota Dragão

– Podemos estar sob ataque? – perguntou Sofia.
– Certamente a barreira deve ter enfraquecido quando a Gema deu sinais de ter cedido. De todo modo, vou ficar aqui para me certificar pessoalmente de que tudo está bem – respondeu ele com um suspiro. – Meninas, não tenho ideia do que está acontecendo. Pode ser um truque de Nidhoggr, mas isso significaria que por alguma razão ele aumentou enormemente seus poderes. A Gema é uma relíquia poderosíssima e está bem protegida aqui embaixo. Se Nidhoggr consegue abalar sua força a distância e penetrar até nas paredes desta casa, bem... isso quer dizer que a situação é muito grave.

Lidja e Sofia sentiram um arrepio percorrer suas costas.

– Mas a Gema também é profundamente ligada aos frutos – continuou o professor – e extrai seiva vital de cada um. Talvez tenha acontecido alguma coisa com um deles... ou com um Draconiano.

Sofia ficou petrificada. Fabio. Desde a última vez em que o vira, ninguém tivera mais notícias suas. Mas não conseguia esquecer sua imagem se despedindo dela em uma calçada, em Benevento, enquanto ela partia para Castel Gandolfo no carro do professor. Não o esquecera sequer por um instante. Era um pensamento fixo às margens de sua mente, uma lembrança que nunca a abandonava e a acompanhava como uma doce melancolia ao longo de

## A Gema se apaga

seus dias. Às vezes sonhava com ele. Perguntava-se onde estava e o que estava fazendo, e se um dia se juntaria a eles. No fundo compartilhavam o mesmo destino: todo Draconiano deveria estar com seus semelhantes.

De repente se deu conta de que poderia ter acontecido algo com ele, um pensamento que lhe causou um aperto no estômago.

– De todo modo, agora não tem sentido criarmos hipóteses. – A voz do professor a despertou. – Está tarde, e não temos meios para investigar. Temos que deixar para amanhã de manhã. Vou reforçar as barreiras em volta da mansão e ficarei de guarda até o amanhecer. Amanhã tentamos resolver a situação.

Mas nem Lidja nem Sofia pareciam particularmente convencidas.

– E nós? O que faremos? – perguntou Sofia com a voz trêmula. Desde que havia começado a trabalhar com o professor e Lidja, a Gema sempre brilhara com aquela sua luz quente e reconfortante. Quando estavam cansadas e desanimadas, podiam contar com seu poder benéfico. Agora que esse poder tinha titubeado, Sofia sentia-se infinitamente triste.

O professor olhou-as com um sorriso tranquilizador.

– Vão para a cama e tentem dormir. Amanhã de manhã vocês têm que estar descansadas para enfrentar esse problema. Fiquem calmas, eu cuidarei de tudo esta noite.

### A Garota Dragão

\* \* \*

Lidja e Sofia foram cada uma para o seu quarto.

Ultimamente Sofia passava muito tempo nele: como estudava em casa, era obrigada a passar por uma prova, o que a aterrorizava, e por isso ficava a maior parte do dia, e da noite também, estudando.

Lidja, ao voltar de Benevento, recebera um quarto no sótão, que até aquele momento permanecera vazio. Thomas o deixara brilhando, e a garota havia tratado de enfeitá-lo com um pôster do Cirque du Soleil, algumas fotos dos companheiros com quem trabalhou em seu amado circo e ampliações de fotos do Tokio Hotel. Havia se tornado uma fanática pelo grupo. Sofia tinha dificuldade para entendê-la. A música deles não a empolgava nem um pouco, e aqueles caras estranhos vestidos de preto, com aquele cantor de cabelos eternamente esticados, lhe davam até um pouco de medo.

– É que você não enxerga além da aparência! Eles cantam exatamente como eu me sinto, entende? Se eu soubesse fazer música, tocaria como eles. E, além do mais, Bill é lindo de morrer, você não pode negar – rebatia Lidja com olhos sonhadores. Sofia olhava os pôsteres e continuava sem entender.

Despediram-se em frente ao quarto de Sofia.

– Você está com sono? – perguntou ela, antes de fechar a porta.

## A Gema se apaga

— Nem um pouco – respondeu Lidja. – Você não faz ideia de como me senti quando vi a Gema se apagar. Uma experiência que espero não ter que repetir. Mas o professor tem razão: não podemos fazer nada agora.

Sofia olhou para o chão. Queria fazer a pergunta que urgia em seus lábios, mas se envergonhava: em um momento como aquele, só conseguia pensar em Fabio, embora se desse conta de que, mesmo se houvesse acontecido algo com ele, a prioridade era a Gema e a ameaça de Nidhoggr.

Lidja exibiu um sorriso forçado.

— Coragem, vamos tentar dormir: são quase duas, e eu já estava bocejando antes do que aconteceu.

Sofia concordou sem muita convicção e fechou a porta à sua frente. Assim que ficou sozinha, na escuridão de seu quarto, encostou as costas à parede e suspirou. Bastava fechar os olhos para vê-lo de novo, parado na calçada, apertado na camisa quadriculada que pendia amassada em seu corpo magro. E seu sorriso, aquele sorriso que tinha visto florescer em seus lábios pela primeira vez desde que o encontrara.

"Esteja bem", pensou intensamente. "Esteja bem."

Como previsto, Sofia não pregou os olhos a noite toda. Pensava nos portões da mansão, quando haviam sido atacados por Ratatoskr; lembrava-se bem de sua metamorfose assim que os tocara, como sua verdadeira aparência tinha se revelado. Pensava na Gema, no calabouço, e se perguntava se ainda brilhava ou se já estava apagada. E pensava em Fabio, naquele momento de comunhão absoluta que haviam vivido um mês antes, quando ela conseguira livrá-lo dos enxertos que o tornavam prisioneiro e lhe devolvera a liberdade. Ela tinha a impressão de ainda sentir seu coração bater embaixo de sua mão, e essa lembrança enchia sua barriga de um calor doce e difuso.

Na manhã seguinte, quando desceu para o café, estava com uma aparência medonha. Tinha se visto no espelho do banheiro: os cabelos ruivos desgrenhados como moitas, duas olheiras enormes e a cara de quem passou a noite revirando na cama. Não que Lidja estivesse com um aspecto melhor: era evidente que ela também não tinha dormido um minuto. Só o professor parecia descansado, e nem Lidja nem Sofia conseguiam explicar isso. Havia passado a noite no calabouço vigiando, e ainda assim as cumprimentou com um bom-dia vibrante enquanto bebia seu leite quente e beliscava um *Brezel*. Às vezes, Thomas preparava essa típica especialidade alemã, e o perfume de pão recém-saído do forno espalhava-se por toda a casa.

– E então? – perguntou Lidja antes de começar a beber seu leite com chocolate.

– Não notei nada de anômalo – respondeu o professor. – As barreiras aguentaram perfeitamente, e

## A Gema se apaga

a Gema brilha como sempre. Não mudou nenhuma tonalidade a noite toda.

O mistério, portanto, permanecia.

– E então? O que pode ter acontecido? – perguntou Sofia, limpando o bigode de leite com o dorso da mão.

– Temos que investigar – foi o comentário lacônico do professor, enquanto consultava distraidamente as manchetes dos jornais on-line no laptop. Ultimamente fazia isso com frequência, e também se detinha nos principais jornais alemães, hábito que mantinha vivo o laço com sua terra natal.

Sofia começou a molhar seu *Brezel* no leite, tensa e preocupada.

Foi justamente enquanto um pedacinho se rendia e escorregava, plácido e mole, em direção ao fundo da xícara, que o professor teve um sobressalto. Thomas entrou no mesmo momento, e o professor lhe disse algo em alemão. Ele respondeu e aproximou-se do monitor do computador, não antes de esboçar uma reverência para Lidja e Sofia. Fazia sempre questão da elegância formal, de um perfeito mordomo. Tanto ele quanto o professor eram alemães, e às vezes Sofia os surpreendia conversando naquela língua deles, que aos seus ouvidos parecia tão cacofônica e gutural.

Thomas enrugava cada vez mais as sobrancelhas, à medida que continuava a leitura.

– O que diz aí? – perguntou Lidja, inclinando-se para ler também. Tentou, mas as palavras eram incompreensíveis.

– Está escrito em alemão – explicou o professor sem levantar o olhar.

– E por que vocês parecem tão apreensivos? – insistiu Lidja.

O professor leu, traduzindo:

– Esta manhã ao amanhecer, em Munique, foi encontrado o corpo de um jovem rapaz ainda não identificado, cuja morte desperta muita perplexidade. Aconteceu em pleno centro, em Marienplatz, a principal praça da cidade. Dizem que não foi possível remontar às causas da morte, que serão estudadas pela autópsia atualmente em andamento. Mas no corpo foram encontrados vestígios de queimaduras anômalas. O legista que analisou o cadáver afirmou nunca ter visto nada parecido e não conseguiu determinar qual substância pode ter causado as feridas. – O professor ficou absorto um instante, depois continuou: – Explicou que os tecidos orgânicos parecem ter sido danificados por um calor incomumente intenso, que, porém, não corroeu a roupa do garoto. Além disso, a pele da vítima apresenta ao redor das queimaduras uma coloração preta, nunca antes observada em outra vítima.

Só nesse momento Schlafen levantou os olhos e olhou Sofia e Lidja.

# A Gema se apaga

Todos tinham tido o mesmo pensamento. Chamas. Grandes asas negras. Nida ou Ratatoskr, os dois seguidores de Nidhoggr, suas emanações terrenas. Eles usavam chamas pretas, e certamente eram capazes de produzir feridas parecidas com as que aquele anônimo menino alemão apresentava.

– Mas que motivo Nidhoggr teria para agredir esse garoto? – perguntou Lidja, servindo de intérprete ao pensamento de todos.

– Você não se lembra de Mattia, o Sujeitado com quem tivemos que lutar quando procurávamos o primeiro fruto? Talvez tenham tentado sujeitar alguém que se rebelou – observou Sofia. Lembrava-se bem de Mattia. Havia sido o primeiro inimigo contra quem tinha combatido. Às vezes ainda se perguntava que fim levara, se estava bem.

– Se o encontraram esta manhã, é possível que tenha morrido ontem à noite – observou o professor Schlafen.

Uma luz se acendeu nos olhos de Lidja e Sofia.

– Ontem à noite...

– Quando a Gema se ofuscou...

– E experimentamos aquela sensação estranha.

O professor concordou.

– Claro, não temos todos os elementos para tirar conclusões, e o garoto também pode ter morrido por outras causas...

– Mas não pode ser uma coincidência que apresente feridas tão parecidas com as causadas pelas chamas de Nida e Ratatoskr – observou Lidja.

– Porém, se o que aconteceu com a Gema ontem está relacionado com o destino desse rapaz... que diabos é isso?

A resposta pairou sobre eles.

O professor fechou o laptop.

– É o que temos que descobrir – concluiu. – É taxativo sabermos quem é esse garoto. E não existe modo melhor para fazer isso do que ir diretamente ao local do crime.

# 2
# Munique

Sofia afundou as unhas nos braços da poltrona. Os motores rugiram ao máximo da potência, e suas costas pressionaram com violência o encosto, enquanto o asfalto da pista e as construções do aeroporto desfilavam do lado de fora da janela.

Por longos, intermináveis instantes lhe pareceu que o avião nunca conseguiria voar. Corria na pista cambaleando, as asas balançando perigosamente. Então, sentiu um vazio no estômago, e o chão começou a se afastar. À frente abriu-se o verde pálido do mar de Fiumicino.

Ao lado dela, o professor Schlafen continuava lendo, imperturbável, o jornal.

– Encontrei um artigo sobre aquele rapaz! – exclamou. – Ele foi identificado: seu nome é Karl Lehmann.

Mas Sofia estava tão tensa que não respondeu.

– Viu? – Ele tentava tranquilizá-la. – Voar não é tão ruim assim, no fim das contas, e olhe que bela vista!

Sofia, palidíssima e incrivelmente suada, limitou-se a concordar nervosa, soltando um sorriso que com certeza havia escapado como uma risadinha de escárnio.

Tudo bem que ela tinha superado as vertigens, tudo bem que tinha conseguido controlar os tremores quando estava em uma sacada, mas ficar por mais de uma hora a dez mil metros de altura dentro daquela espécie de tubo de pasta de dente era certamente mais do que podia suportar.

– Como vai o voo, Sofia? – perguntou Lidja.

Ela resmungou algo e se virou para o outro lado, envergonhada. Um Dacroniano, uma criatura magnífica nascida para voar, com medo de avião... Era como se Batman fosse pego dormindo com a luz acesa!

– É normal que você fique preocupada – disse a amiga, sorrindo solidária. – É a primeira vez...

– É a primeira vez para você também, mas você me parece bastante tranquila.

– O que você quer dizer? As pessoas são diferentes. Passei metade da minha vida pendurada em um trapézio, como poderia ter medo de voar? Mas você é corajosa até demais.

Sofia tinha estreitado laços muito fortes com Lidja e aprendera a não ceder àquele sentimento de inveja que aparecia cada vez que se confrontava com ela, sempre perfeita em todas as situações. Lidja, por sua vez, amava a doce insegurança de Sofia, e sabia que nas situações de emergência ela era capaz de sacar recursos com os quais outro Draconiano não poderia nem sonhar.

No início, Sofia tinha se entusiasmado com a viagem. Às vezes o professor lhe contava sobre Munique, sua cidade natal, e ela tinha a impressão de que era um lugar fantástico, bonito e onde tudo era coberto por neve no inverno. E, além disso, estava empolgada com a ideia de atravessar pela primeira vez as fronteiras da Itália: para dizer a verdade, nunca tinha viajado muito nem em seu país. Se toda aquela história dos Draconianos havia tido uma consequência positiva, era justamente o fato de lhe ter aberto as portas de um mundo maior, que acabara de começar a explorar.

A preocupação tinha começado quando o professor voltara para casa com as passagens de avião.

– Você vai ver, voar é uma experiência maravilhosa – dissera ele, empolgado.

Mas ela não estava nem um pouco convencida e chegara ao aeroporto de Fiumicino aterrorizada, para dizer pouco. Quando, então, foi anunciado um atraso por motivos técnicos indeterminados, ela quase perdeu os sentidos.

Esforçara-se para sorrir ao professor e a Lidja, mas em sua cabeça já via o avião meio desmontado na pista. Imaginava a conversa entre o piloto e o mecânico.

– Estamos com um problema na asa.
– Mas pode voar?
– Talvez, com um pouco de sorte...
– E então onde está o problema? Vamos lá!

Porém, quando finalmente tiveram a gentileza de embarcá-los, Sofia percebeu que o avião era realmente pequeno. Na pista, desaparecia no meio de uma série de aeronaves gigantes e coloridas que partiam em todas as direções.

– Mas é tão fofinho! – exclamara Lidja enquanto saltava do *shuttle*.

Sofia levantara os olhos ao céu e rezara para Thuban, Deus, ou quem quer que fosse, para que a protegesse.

Chegaram aos arredores de Munique no fim da manhã, debaixo de um céu cinza e uniforme. Sobrevoaram a cidade, e o professor parecia enlouquecido diante do panorama que se abria sob os olhos deles.

– Olhe, aquela é Marienplatz! E está vendo aquela imponente agulha gótica? É o Neues Rathaus, a prefeitura nova. E aquelas duas torres? São os campanários da Frauenkirche, antigo símbolo da cidade – e assim por diante, indicando igrejas e monumentos a uma velocidade tal que Sofia tinha dificuldade para acompanhar seu dedo na janela.

# Munique

Quando aterrissaram, deu um suspiro de alívio. Sentia braços e pernas moles, e os ouvidos entupidos. Certamente teria se cansado menos indo a pé até ali.

O ar estava frio, muito mais do que em Roma, e o céu era um manto oprimente que nunca vira em sua cidade. Lá, nos dias nublados, o céu era um patchwork de todas as gradações do azul e do cinza. Já aqui parecia que alguém tinha passado uma mão de reboco, apagando todas as cores. Até o cheiro era incomum, uma mistura indefinível que nunca sentira, mas que a fez entender imediatamente que estava milhas e milhas longe de casa.

O professor inspirou a plenos pulmões, um sorriso nostálgico no rosto.

– Cheiro de casa... – murmurou.

– Há quanto tempo não vinha aqui? – perguntou Lidja.

– Há seis anos. Quando entendi que era um Guardião, abandonei minha terra natal para rodar o mundo e encontrar vocês e os frutos. Nossa natureza e nossa missão sempre exigem alguns sacrifícios.

No caminho para os táxis, Sofia fechou-se ainda mais no sobretudo. Parecia que tinham despencado diretamente da primavera ao inverno.

Da janela, pôde dar uma olhada no campo bávaro. Demoraram quase uma hora para chegarem aos primeiros edifícios de Munique – evidentemente o aeroporto era bem distante do centro habitado. Tudo lhe pareceu diferente de seu mundo. Os letreiros rodoviários, cheios de escritos compridíssimos e incompreensíveis, as placas dos carros, até o formato dos prédios, com as janelas altas e austeras. E também os nomes das ruas, escritos em letras góticas sobre tabuletas azul-marinho. Ela achava impossível estar *realmente* tão distante de casa, e as muitas diferenças entre sua cidade e aquele local lhe davam a dimensão do quanto a Terra podia ser um lugar grande e traiçoeiro.

O táxi parou em frente a uma construção branca e quadrada. O letreiro dizia HOSTEL alguma coisa. O professor pagou a corrida, enquanto Sofia olhava ao redor. Uma campainha tocou, e um bonde azul e branco capturou sua atenção por alguns instantes ao passar.

– Sofia? – Lidja a sacudiu.

Sofia agarrou a mala com as duas mãos e se arrastou em direção à entrada do albergue.

– O que está achando? – perguntou a amiga, enquanto o professor Schlafen cumpria as formalidades com um rapaz bonitinho e com jeito simpático sentado atrás de um balcão.

– Do quê?

– Da cidade. Você está comendo tudo com os olhos!

– Não sei... me dá uma sensação estranha estar aqui... é tudo tão... diferente.

Lidja sorriu.

– Por isso é excitante, não é?

Sofia sentiu-se mais tranquila quando entraram no quarto deles: era amplo e gracioso, com três camas de solteiro de madeira clara, um banheiro bonito e limpíssimo e uma grande janela que dava para a rua, na qual os bondes passavam continuamente.

– Gosta de bondes? – perguntou o professor a Sofia, que estava com a cara na janela.

Ela se sacudiu.

– Eles me deixam curiosa. Passam tantos nesta cidade!

– Podemos pegar um para irmos ao enterro. Rodar de bonde é o melhor jeito de curtir a cidade nas primeiras vezes que a visitamos.

Ah, sim. O enterro. Era esse o motivo por que estavam em Munique. Tentar entender o que havia acontecido com aquele menino. E ir ao seu funeral era um bom ponto de partida.

Almoçaram em uma espécie de pub onde serviam especialidades locais e todos os tipos de cerveja.

O professor estava contente como uma criança. Puxava conversa com qualquer um, do camareiro do albergue aos garçons, empenhando-se em longos papos em alemão. Era claro que sentia muita falta de sua terra, e de algum jeito tentava recuperar o tempo perdido.

– Provem as *Weisswürst*, as salsichas típicas de Munique! Com chucrute e um *Knödel* de batata são de lamber os beiços – sugeriu, enquanto lhe era servida uma caneca enorme de cerveja clara.

– Você vai beber tudo isso? – perguntou Sofia, desconcertada.

– Quando eu morava aqui, bebia mais cerveja que água. Estamos acostumados – respondeu ele, dando de ombros. – E, além do mais, isto é só meio litro, pouco para os nossos padrões! Mas é melhor eu me habituar de novo aos poucos.

Sofia aceitou o conselho do professor, mas foi preciso um pouco de coragem para enfrentar o cheiro intenso do chucrute e dar a primeira provada naquelas salsichinhas brancas mergulhadas na água. Porém, seus temores foram dissipados quase imediatamente. Claro, eram sabores com os quais não estava acostumada, mas ela gostou daquele negócio, e o *Brezel* que consumiu entre uma garfada e outra era delicioso.

O pub era muito característico: balcões de madeira, talheres colocados em canecas de barro, tudo tinha a aparência de um refúgio de outra época na montanha.

– No fim das contas, nós, bávaros, somos um pouco montanheses – brincou o professor, quase lendo o pensamento dela.

Finalmente Sofia começava a se sentir à vontade.

A viagem de bonde foi muito agradável. O professor tinha razão. O que pegaram tinha janelas enormes, e as duas garotas se postaram diante de uma delas, mãos e rostos grudados no vidro. A cidade fluía devagar, em um alternar-se de bairros elegantes, ruas ordenadas, longas fileiras de árvores nuas e prédios austeros.

Para Sofia, Munique parecia, como dizer... *séria*. Mas de uma seriedade refinada e composta, que infundia uma sensação de tranquilidade. As pessoas falavam em voz baixa e andavam com calma pelas ruas, os carros seguiam disciplinados. Nada a ver com a sensação de caos que Roma lhe transmitia. Cruzou o olhar com uma senhora que acabara de subir no bonde, que sorriu para ela. Retribuiu, tímida, porém desviou logo o olhar.

Não demorou muito para chegarem ao cemitério. Era uma espécie de mausoléu redondo, e algo nele fazia Sofia se lembrar do Panteão. A garota levantou a gola do casaco. Estava frio, mas não era só por causa disso. Tinha estado uma vez só em um cemitério, o de Verano, em Roma. Aquele cortejo de pequenos lóculos empilhados em grandes construções de cimento, cada um com sua luzinha funérea, causara nela uma sensação de angústia e opressão que tinha dificuldade de eliminar.

Sentiu o braço de Lidja envolver seus ombros.

– Más recordações?

Sofia balançou a cabeça.

– Na verdade, só estive uma vez em um cemitério, e de passagem. Nunca tive nenhum parente para visitar – comentou, baixando o olhar, que se anuviou de melancolia ao lembrar os anos passados no orfanato. – E você?

Lidja passou a mão entre os cabelos pretos compridos e deixou um cacho cair em seu rosto, como se quisesse proteger a intimidade de um pensamento.

– Minha avó. O enterro dela é uma das minhas recordações mais nítidas. Ela está descansando em um pequeno cemitério na montanha, estávamos por aqueles lados com o circo quando aconteceu. Gosto de pensar que está contente lá em cima, olhando o panorama dos montes e ouvindo a neve que cai no inverno.

Sofia apertou a mão dela por instinto, e Lidja sorriu com doçura. Depois as duas seguiram o professor para além do portão.

Era como tinham visto nos filmes: aleias ordenadas entre plantas e flores, pequenas cruzes de metal dispostas em fileiras, plantadas em um gramado verdíssimo e muito bem-cuidado, cada uma com uma placa de ferro batido com o nome do defunto e a data de nascimento e de morte escritos. De vez em quando, algumas tumbas mais imponentes interrompiam a monotonia daquelas fileiras regulares: construções monumentais encimadas por belíssimos anjos com as asas abertas, rochas de pedra finamente decoradas, sombreadas pelos ramos das árvores.

Não era exatamente um lugar alegre, mas também não era terrível como Sofia havia imaginado. Soprava um ar de paz ali dentro, distante da sensação de aglomeração que lhe transmitiram as câmaras de Verano: os "forninhos", como os romanos chamavam.

    Encontrar o funeral não foi tão fácil. Praticamente não havia ninguém, exceto um padre de ar gentil e uma senhora com cerca de quarenta anos, vestida de preto e apertada em um elegante sobretudo. Havia uma pequena cova, o caixão e nada mais. Sofia experimentou uma forte sensação de angústia. Karl Lehmann havia morrido aos treze anos, e presumivelmente sua breve presença na Terra havia sido passada quase inobservada por completo. Não havia tido tempo para fazer amigos, era evidente que não tinha nenhum afeto. Exatamente como ela e Lidja. Quem iria ao seu enterro, por acaso? Havia quase dois anos que Sofia não via mais seus companheiros do orfanato, e a busca dos frutos absorvera todo seu tempo livre, trancando-a na mansão em Castel Gandolfo ou obrigando-a a percorrer a Itália, seguindo os rastros dos frutos. Não houvera espaço para amigos que não fossem Lidja ou o professor. Não estabelecera laços com o mundo, e, embora também dependesse dela o destino da Terra e da humanidade, estava passando pela vida leve como uma folha de outono. Pela primeira vez Sofia pensou que Karl devia ser mesmo um Draconiano. Reconhecia a solidão de sua existência, percebia na tristeza de seu fim um destino comum, que por pouco também não fora o dela.

O padre disse algo que obviamente ela não foi capaz de entender. O professor respondeu a duas invocações, enquanto ela se limitou a olhar o único espectador daquela triste cerimônia: a mulher de preto.

Era alta e magra, estava levemente maquiada, com exceção do batom escarlate espalhado nos lábios contraídos como os de quem está segurando as lágrimas. Tentava manter a compostura, mas estava claramente destruída pela dor. Os cabelos loiros estavam recolhidos em uma ordenadíssima trança que brotava debaixo de uma boina preta de lã. De vez em quando seu peito se levantava um pouco em um soluço. Quem era? A mãe de Karl? Com certeza representava o ponto de partida da busca deles: não havia outras pessoas a quem pedir informações sobre aquele garoto.

O caixão desceu aos poucos, enquanto uma chuvinha fina e gélida começava a molhar o gramado.

A mulher de preto jogou uma rosa branca em cima do ataúde, depois mandou um pequeno beijo em direção à cova. Esperou que o buraco fosse completamente coberto e só então decidiu partir.

O professor abriu o guarda-chuva e olhou para Lidja e Sofia.

– Me esperem aqui – disse, e foi ao encontro da mulher.

As duas meninas o viram cochichar com ela, cobri-la delicadamente com seu guarda-chuva e tocar de leve seu braço com jeito fraterno.

# Munique

– Você acha que era um de nós? – perguntou Sofia a Lidja.

– A julgar pela multidão do enterro... é possível.

– Se for isso mesmo, seria o fim para nós...

– Acho que vamos saber logo – disse Lidja, apontando para o professor e a mulher loira que caminhavam na direção delas.

– Vamos bater um papo protegidos desta chuva – sugeriu o professor Schlafen enquanto passava ao lado delas, encaminhando-se para a saída.

Sofia e Lidja o seguiram.

## 3
# Tudo acontece de repente

Sentaram-se em um bar próximo do cemitério, a uma mesa afastada. Sofia pediu um chocolate quente, que com aquela chuva lhe parecia o melhor modo de dominar a tristeza do funeral, enquanto Lidja pediu um chá. As duas também se permitiram uma bela fatia de torta de chocolate. Durante os primeiros minutos, o professor e a mulher loira falaram em alemão. Ela apertava entre os dedos um lenço de papel já embolado, com o qual às vezes enxugava as pequenas lágrimas que se juntavam nos cantos dos olhos; ele mantinha a mão em seu braço, evidentemente tentando consolá-la.

Após terem trocado mais algumas palavras em sua língua materna, passaram ao italiano.

A mulher falava com um sotaque alemão mais acentuado até que o de Thomas, mas era capaz de se fazer compreender bem, apesar de alguns erros aqui e ali. Dava a impressão de estar um pouco desconfiada, e de vez em quando lançava um olhar inquieto às duas garotas. Sofia não podia tirar sua razão. Certamente se perguntava quem eram aqueles três indivíduos estranhos, o que fazia um sujeito vestido como um cavalheiro do século passado junto com duas meninas, e que motivo tinham para ir ao enterro de Karl.

– O nome dela é Effi. Lidja, Sofia... – O professor Schlafen fez as apresentações.

Sofia estava incerta entre sorrir para a mulher ou manter uma postura séria, não sabendo como deveria se comportar com quem acabou de sofrer um grave luto.

– Como estava lhe dizendo – continuou o professor, marcando bem as palavras –, estamos aqui porque há algum tempo um amigo nosso também morreu em circunstâncias misteriosas. E apresentava as mesmas feridas de Karl.

Sofia afogou a cara na xícara de chocolate. Aquela mentira, ainda mais dita a uma pessoa que estava sofrendo, a deixou muito constrangida.

– Por isso, quando lemos sobre seu filho...

– Não era meu filho – disse Effi, olhando o professor de soslaio. – Eu sou a... *Pflegemutter*.

– Mãe adotiva – traduziu ele com complacência.

Lidja lançou um olhar significativo a Sofia.

– Sim, mãe adotiva – repetiu Effi. – Peguei Karl no orfanato quando era pequeno, muito pequeno... Sim, talvez eu seja uma mãe para ele. – Seu olhar se perdeu no vazio, e o professor colocou a mão em seu ombro para confortá-la.

— Em resumo, quando lemos sobre essa tragédia, resolvemos vir investigar — continuou o professor. — Até agora as forças da ordem não conseguiram explicar o que aconteceu com o nosso amigo.

Effi alongou a coluna. Tornara-se cautelosa.

— Eu confio na polícia. Com certeza vão descobrir tudo e pegarão o culpado — disse. — No fim das contas, as feridas não são tão estranhas... acho que algum delinquente...

Lidja lançou outro olhar para Sofia. Effi parecia querer evitar a curiosidade do professor. Mas também podia se tratar de uma simples coincidência.

— E por que essa agressão seria tão parecida com a sofrida pelo nosso amigo, na Itália?

A mulher pareceu um pouco desambientada.

O professor ajeitou os óculos no nariz, e Sofia percebeu nele algo que nunca tinha visto antes. Usava no dedo um grande anel de ouro, um modelo masculino, e na peça lisa de metal que se destacava na parte superior havia uma pequena incisão muito detalhada. Sofia teve que aguçar a vista para conseguir entender o que era: um dragão enrolado ao redor de uma árvore magnífica, cujas folhas eram reproduzidas com extremo cuidado.

O professor permaneceu alguns instantes assim, com a mão em frente ao rosto e o anel à vista, os olhos fincados em Effi.

## Tudo acontece de repente

A mulher teve um leve sobressalto quando notou a joia, depois olhou o professor, inquieta.

– Algo errado? – Ele sorriu, conciliador.

Ela chegou um pouco para trás.

– Quem são vocês de verdade?

O professor relaxou, e seu sorriso pareceu mais sincero.

– Amigos. Um Guardião e duas Draconianas, para ser preciso.

Os olhos de Effi, de um azul limpidíssimo, ficaram ainda mais claros.

– Não é possível... eu não achava que existiam outros Guardiões... – disse, incrédula.

– Na época de Dracônia, éramos cinco, como os dragões que velavam a Árvore do Mundo – explicou o professor. – Mas a guerra matou três de nós, e eu sabia que outro Guardião como eu se escondia no mundo. Procurei você em vão durante anos, e começava a me desesperar. Mas agora finalmente a encontrei. O que acha de irmos para um lugar mais tranquilo e esclarecermos tudo?

A casa de Effi ficava em uma zona residencial de Munique, entre prédios imponentes de aspecto oitocentista. Tiveram que subir seis lances de escada antes de chegarem à cobertura onde Effi e Karl haviam passado sua existência.

O piso era recoberto por tacos claríssimos, e nas paredes estavam pendurados quadros antigos, entre os quais se destacavam algumas fotos emolduradas de um menino roliço correndo em um triciclo, jogando futebol, ou simplesmente sorrindo. Do lado de fora da janela, os telhados da cidade se sucediam em uma vastidão cinza infinita. Sofia ficou um tempo olhando o céu, que continuava chorando aquela chuva finíssima, tornando os telhados pontiagudos brilhantes como porcelana.

Effi preparou um chá para todos e pegou da geladeira um doce alto e compacto, que chamou de *Käsetorte*.

– Fui eu que fiz, Karl gostava muitíssimo – disse, com uma ponta de melancolia.

Depois ela também se sentou à mesa da cozinha, em frente a uma ampla janela que dava para a cidade, e começou a falar. Pegara de uma gaveta um anel idêntico ao do professor. Contou que sempre o teve. Uma relíquia de família, seus pais lhe disseram.

– É o símbolo de nós, Guardiões – explicou o professor Schlafen. – Um anel transmitido de pai para filho por gerações e que, uma vez em nossa posse, nos ajuda a lembrar quem somos. Foi assim que descobri quem eu era: meu anel havia sido perdido, encontrei-o por acaso em um velho baú empoeirado na casa do meu bisavô. E ali começou minha história. Sempre o guardei em um porta-joias trancado, e esta é a primeira vez que o uso. No fundo do coração eu desejava que com o Draconiano eu encontraria o outro Guardião também, e o trouxe comigo como sinal de reconhecimento.

– Eu o tenho desde que era criança – disse Effi. – E eu sempre soube... que era *eine Aufseherin*.

Tinha muitos sonhos com dragões e serpes, contou, e cada vez que acordava se lembrava de um novo pedaço de seu passado. No início achara que estava maluca e tentara de todos os jeitos não pensar naquilo.

– Meu pai me levou ao médico de loucos, imaginem... – disse, com um sorriso amargo. – Mas não encontraram nada de estranho, e eu me dei conta de que não convinha falar com alguém das minhas visões. Aprendi a guardá-las comigo, e ao mesmo tempo comecei a investigar. Porque eu *sentia* que por trás daqueles sonhos havia alguma coisa, uma realidade que eu precisava conhecer. Foi assim que descobri toda a história. Quem eu era, o que devia fazer. E me pus a procurar os Draconianos.

Logo conseguira encontrar um: era pouco mais de um recém-nascido, mas percebera imediatamente algo nele. Ela o pegara sob tutela e consagrara toda a própria existência em seu treinamento.

– Com ele era tudo mais simples. Porque ele era como eu. E eu me sentia menos sozinha, menos diferente – explicou com jeito triste. Ao que parecia, tinham se agarrado um ao outro como dois náufragos. – Grande parte da nossa vida foi dedicada ao treinamento e ao estudo, e Karl sabia fazer coisas incríveis com seus poderes, era muito habilidoso.

No entanto, a busca pelo fruto avançara muito devagar, e só alguns meses antes parecia ter dado os primeiros resultados.

– Vocês encontraram o fruto? – perguntou o professor.

– Rastros. A única informação certa é que está aqui na Baviera.

– E depois? Como tudo isso acabou acontecendo?

Effi fitou a mesa, ausente.

– Naquela noite eu nem sabia que Karl tinha saído. Eu estava fora a trabalho, fora de Munique. Não era a primeira vez... Encontrei a polícia em casa na manhã seguinte.

Levou as mãos às têmporas e fechou os olhos um instante.

– Mas vocês estavam em um ponto crucial das investigações? – insistiu o professor.

Effi balançou a cabeça.

– Não... não mais do que antes. Não tínhamos mais pistas. – Tomou fôlego, depois continuou: – Não sei por que saiu. Mas sei o que aconteceu com ele. – Seu olhar ficou duro, o azul de seus olhos, implacável. – E sei que foi ela.

Sofia sentiu um arrepio descer pelas costas. Porque *ela* atribuído ao inimigo fazia voltar à sua mente uma só pessoa: Nida.

– De quem você está falando?

Effi encarou o professor.

– É uma garota loira muito bonitinha, mas com um olhar... *entsetzlich*!

Arregalou os olhos e, embora Sofia não tenha entendido o significado daquela última palavra, intuiu que era adequada ao olhar de Nida.

– Apesar de estar frio, ela está sempre meio nua, como se fosse... fria por dentro. E de seu corpo brotam chamas negras.

– Nidafjoll – disse Lidja. Effi virou-se para ela, espantada. Provavelmente não esperava que uma das duas garotas tomasse a palavra. – É como uma filha de Nidhoggr, um emissário terreno seu. Ela me fez prisioneira, uma vez, e ainda trago as marcas daquela experiência.

– Nidhoggr... *der Wyvern* – murmurou Effi em um sopro.

O professor concordou.

– Foi ela – cortou Effi. – As queimaduras... e Karl era forte, só um adversário forte como ela poderia vencê-lo. Um adversário como ela.

– Sim, mas e agora? – interveio Lidja. – O que faremos agora? Tudo bem, Karl era um Draconiano, e Nida o matou. Mas tinha encontrado o fruto? Ou agora o fruto está nas mãos de Nidhoggr e de seus aliados?

– Não sei – murmurou Effi, confusa.

– Estamos todos muito cansados – concluiu o professor. – É melhor descansarmos uma noite e deixarmos Effi em paz um pouco. – Sofia achou que ele olhava Lidja com uma intensidade eloquente, e ela baixou o olhar.

Effi acompanhou-os à porta, onde trocou mais algumas palavras rápidas com o professor em alemão.

Enfim saíram. A noite tinha caído, e o ar tornara-se cortante.

– Ainda não tenho certeza se fizemos bem em ir embora – disse Lidja, enquanto se encaminhavam para o metrô. – Pelo que entendi, a situação é grave.

– Mais do que você acha – declarou o professor.

– Mais um motivo por que deveríamos ter ficado e decidido o que fazer!

Schlafen balançou a cabeça.

– Effi acabou de sofrer um luto difícil. E, além do mais, passou a vida inteira com aquele menino, não acha que ela agora está se sentindo devastada? Se tivéssemos ficado, só a teríamos preocupado ainda mais. Eu até lhe perguntei se queria que ficássemos com ela esta noite, mas ela me disse que não, sinal de que ainda não confia em nós. Temos que lhe dar o tempo de assimilar todas essas novidades.

Sofia teria jurado que o professor lhe lançara um olhar furtivo. Ela também precisara de tempo para aceitar a nova realidade, e até mesmo lhe fora oferecida a possibilidade de ir embora.

– De todo modo, o encontro é para amanhã de manhã. Então vamos resolver como proceder. No meio-tempo, há algumas coisas que vocês devem

# Tudo acontece de repente

saber – acrescentou enigmático enquanto entrava no metrô.

O professor decidiu explicar tudo diante de algumas diferentes mas saborosas pizzas turcas que tinham comprado perto da estação do metrô. Comeram sentados nas camas do albergue.

– A situação não é nada boa – começou quando terminou de comer.

Estava muito sério, como Sofia nunca o vira, o que a fez desconfiar de que as coisas eram decididamente piores do que havia imaginado. Naquele primeiro um ano e meio juntos, tiveram que enfrentar imensas dificuldades: Lidja foi raptada e correra até o risco de morrer. O que podia haver de pior?

– Nunca expliquei a vocês exatamente o que acontecerá quando tivermos reunido todos os frutos – continuou o professor.

– A Árvore do Mundo voltará a florescer, e Dracônia descerá sobre a Terra, não é? – disse Lidja.

Ele concordou seriamente.

– Isso é o que acontecerá, mas para que ocorra há algumas condições a serem respeitadas.

– Por exemplo? – perguntou Lidja dando as últimas mordidas na pizza.

– Vocês já viram com Fabio: é como se cada fruto pertencesse a um Draconiano. Isso porque cada um dos cinco dragões guardiões velava um deles: apenas um dragão é capaz de ativar plenamente os poderes de um fruto específico. Só Fabio pode usar plenamente os poderes do fruto de Eltanin.

– Você está dizendo que eu também seria capaz de ativar os poderes do fruto de Rastaban, e que só eu sou capaz de fazer isso? – perguntou Lidja, empolgada pela ideia.

– Exato. Isso implica, porém, que somente Karl era capaz de ativar os poderes do fruto protegido pelo dragão que vivia nele.

Sofia teve uma sensação desagradável na boca do estômago.

– E é necessário que todos os frutos sejam ativados por todos os Draconianos? – perguntou.

O professor limitou-se a concordar. E finalmente tudo ficou claro. Sofia viu o medo crescer nos olhos de Lidja.

– Para evocar Dracônia na Terra de novo e devolver os frutos à Árvore de modo que volte à vida, é necessário que cada Draconiano ative o próprio fruto. Portanto, não basta apenas que todos os frutos estejam nas nossas mãos, mas também que todos os Draconianos estejam presentes.

Os segundos de silêncio que se seguiram pareceram intermináveis. Do lado de fora, a chuva tamborilava nos vidros.

– E se não estiverem todos? – perguntou Lidja, temendo a resposta.

– Não haverá modo de invocar Dracônia.

# Tudo acontece de repente

Sofia sobressaltou-se quando o que sobrava de sua pizza caiu de sua mão no papel encerado aberto na cama.

– Você está dizendo que Nidhoggr venceu? – perguntou com voz trêmula.

O professor suspirou.

– Pelo que eu sei... sim. É como se Nidhoggr já tivesse nos derrotado.

Não era somente pior do que o previsto. Era simplesmente uma catástrofe. Uma tragédia irreparável. Não era suficiente encontrar o fruto de Karl, se é que conseguiriam. De todo modo, seria um objeto inerte nas mãos deles, sem o garoto.

– Não pode acabar assim – disse Lidja, chocada. – Para essa missão sacrificamos tudo, arriscamos nossas vidas, demos adeus à normalidade! Não pode terminar tudo assim só porque um menino idiota deixou que Nida o matasse!

Ficou de pé em um pulo, fora de si, os punhos cerrados. Sofia não conseguia fazer outra coisa a não ser olhar a fatia de pizza caída, o óleo vermelho que se expandia no papel encerado. Tinha acabado mesmo? Todos os sofrimentos daquele ano, todas as incertezas, e até a exaltação, desde que havia começado a entender como funcionavam seus poderes. Tudo havia acabado?

O professor levantou-se:

– Acalme-se, Lidja.

– Não vou me acalmar! E não entendo como você consegue não enlouquecer! Você desperdiçou ou não desperdiçou sua vida atrás dessa missão? Como pode tolerar que termine assim?

Sofia engoliu em seco enquanto as vozes agitadas do professor e de Lidja chegavam até ela como se estivessem distantes. Então arreganhou os dentes e levantou o olhar, calma.

– O que faremos agora? – perguntou.

O professor e Lidja se calaram.

– Precisamos buscar um caminho alternativo – respondeu Schlafen. – Não podemos nos render antes de termos tentando todos os meios. A salvação do mundo está em jogo. E, se existir uma solução, juro que a encontrarei. Mas, se não existir, vou inventá-la.

Seu olhar estava mais decidido do que nunca, e Sofia sentiu-se tranquilizada.

– Agora temos que ficar calmos e nos empenhar ao máximo – continuou o professor. – Mesmo que tudo pareça perdido, tenho certeza de que alguma coisa está me escapando. De qualquer forma, amanhã vamos voltar à casa de Effi e lhe explicaremos a situação. Precisamos unir nossas forças, e ela certamente será útil. – Então colocou as mãos nos ombros de Lidja e olhou-a nos olhos. – Entendeu? Não acabou, nunca acabará enquanto não nos rendermos, está claro? Agora preciso que você confie em mim: pode fazer isso?

Ela permaneceu imóvel por alguns segundos, depois concordou.

– Sim... eu... acho que sim – concedeu, mas era evidente que ainda se sentia à mercê daquela frustrante sensação de impotência.

– Para a cama, então. Amanhã vai ser um dia longo e cansativo.

Já na porta do banheiro, Sofia deteve Lidja.

– É assim que Nidhoggr vence: tirando nossa esperança. Será possível que eu tenha que lhe dizer isso, justo eu, que sou a mais frágil? – murmurou.

Lidja apoiou a cabeça na da amiga.

– Eu também não vou me render, nunca – sussurrou.

Assim, fecharam os olhos em uma nova noite de incerteza.

# 4
# A Senhora dos Tempos

Reencontraram-se na casa de Effi. O céu ainda estava cinza, mas pelo menos tinha parado de chover, e parecia fazer um pouco menos frio. Ainda assim, ao longo do caminho, Sofia continuava batendo os dentes. Por outro lado, nos túneis do metrô sentia-se sufocada, e então assim que saía à rua ficava entorpecida sob as chicotadas de ar gélido que a atingiam.

Effi não parecia estar melhor do que no dia anterior, e o professor preferiu falar com ela em alemão nos primeiros minutos.

– Existem coisas que só podem ser ditas na própria língua – explicou. Então pegou Effi e se fechou com ela em um quarto, deixando Lidja e Sofia sozinhas na sala.

– Está melhor hoje? – perguntou Sofia, enquanto zapeava com o controle remoto de um programa

# A Senhora dos Tempos

a outro, todos igualmente incompreensíveis. Cozinheiros às voltas com o fogão. *Zap*. Propaganda de toques de celular. *Zap*. Esporte. *Zap*.

– Eu só estava com raiva – respondeu Lidja, um pouco acuada. De fato, estavam experimentando uma verdadeira inversão dos papéis: Sofia, a pessimista e insegura, dava coragem à amiga forte e corajosa, que nunca se abatia. As duas, de todo modo, se sentiam pouco à vontade nos novos papéis. Então Lidja se virou de repente em direção a Sofia. – Desculpa, você não estava?

– Claro que sim, e justamente por isso sentia que não podíamos nos render.

– O professor apresentou a situação de um jeito bem dramático...

– Você não o deixou terminar.

– Às vezes me surpreendo com o quão cegamente você consegue confiar nele...

– Por quê? Não é assim com você?

Lidja deu de ombros.

– Sempre tentei vencer as dificuldades sozinha. E, claro, ele é nosso guia e sabe mais do que nós sobre o assunto, mas deveríamos ser capazes de agir mesmo sem sua ajuda.

Sofia olhou a televisão por alguns minutos, pensativa. De fato, em Benevento tiveram que escapar das encrencas sozinhas, e no fim das contas não havia sido tão ruim.

– De todo modo, tenho certeza de que o professor vai encontrar uma solução – concluiu.

– *Tem que* encontrar – afirmou Lidja, decisiva.

O professor Schlafen e Effi ficaram fechados no outro quarto por um longo tempo. Às vezes, Lidja ia até lá tentar escutar.

– Pare com isso... – Sofia tentou censurá-la, em tom pouco convicto.

– Conversam, conversam... eu não achava que o professor demoraria tanto tempo para explicar a situação – disse Lidja, o ouvido grudado à porta.

Então sentiu a madeira lhe faltar ao lado da cabeça, e por pouco não foi bater nas pernas do professor. Ficou vermelha feito um pimentão, enquanto ele pigarreava para limpar a garganta:

– Curiosas, hein!

Todos se sentaram outra vez ao redor da mesa da cozinha e comeram o que tinha sobrado da *Käsetorte*. Lidja e Sofia também saborearam um chocolate quente.

– Effi tem grandes novidades – iniciou Schlafen, olhando para a mulher.

Ela pareceu hesitante, depois se pôs a falar em seu italiano com forte sotaque alemão.

– Antes de encontrar vocês, eu já tinha começado a pensar que a situação era grave, apesar de não saber dessa... coisa que Georg me revelou.

# A Senhora dos Tempos

Sofia ficou perplexa. Em um ano e meio de convivência, tinha ouvido aquele nome uma única vez, quando irmã Prudenzia lhe apresentara o professor. Desde então, para ela, ele sempre foi o professor, nada além disso. Quase esquecera seu nome de batismo. Portanto, ouvi-lo pronunciado por aquela desconhecida lhe causou um efeito estranho.

– E como Karl era tudo para mim... e eu me sinto... *Täterin*...

– Culpada – traduziu o professor.

– Culpada – concordou Effi. – Eu sinto tanto a falta dele, pensei em uma solução... extrema. Graças às minhas pesquisas, descobri a existência de um objeto antigo que pode nos ajudar – acrescentou, tomando fôlego. Evidentemente, a história era longa e complicada. – Quando *Wyvern* e *Drachen* lutaram, nem todos os seres humanos haviam decidido com quem estar. Havia alguns que preferiam não tomar uma posição, que eram...

– ... neutros – intrometeu-se o professor.

Effi concordou.

– Esses humanos só queriam que a guerra acabasse, de um jeito ou de outro. E por isso tiveram uma ideia. Pegaram um pouco de madeira da Árvore do Mundo e construíram uma... *Stundenglas*.

– Uma clepsidra.

Sofia tinha a impressão de estar escutando Cico e Byo, a dupla de palhaços que tinha conhecido algum tempo antes no circo de Lidja: aqueles dois também completavam as frases um do outro, e aquilo, não sabia explicar por quê, agora começava a lhe dar nos nervos.

– Eles a chamaram de Senhora dos Tempos. Quem a possuía podia voltar no tempo – continuou Effi.

Lidja inclinou-se para a frente de imediato, e Sofia também ficou muito atenta.

– Para esses humanos, era uma espécie de arma definitiva. Tinham certeza de que, se as serpes ou os dragões pegassem a *Stundenglas*, tudo acabaria: um dos dois faria as coisas voltarem à origem.

– Mas não interessava a eles quem dos dois a pegaria? Quero dizer, eles deviam ter consciência de que as serpes tinham objetivos malvados e os dragões, não – observou Lidja.

Effi balançou a cabeça.

– Não, não lhes interessava. Para eles, ambos estavam certos e ambos estavam errados. Não importava a ninguém por que combatiam. Só desejavam a paz.

– Mas como podia um objeto criado com a casca da Árvore do Mundo ser manuseado pelas serpes? – perguntou Sofia.

– Eu posso dar essa resposta – disse o professor. – As serpes não são malvadas desde sempre. Inicialmente eram criaturas como todas as outras, nem boas nem más, e foram assim por longos, longuíssimos anos. Por isso eram capazes de tocar a Árvore do Mundo e tirar proveito de seus poderes. Somente Nidhoggr, e por consequência os seus seguidores, não é mais capaz de fazê-lo. Os infinitos anos de luta, as atrocidades com as quais se maculou, marcaram-no tão profundamente que o corromperam até o osso, e a Árvore do Mundo não o reconhece mais.

– Mas você sempre nos disse que as serpes eram más... – replicou Lidja, confusa.

– Disse a vocês que cometeram atos perversos, disse que se rebelaram, mas isso não significa que eram más por natureza.

Sofia teve a impressão de que estava se desenhando um quadro novo, no qual as cores eram menos definidas. Nunca tinha posto em dúvida a maldade das serpes; agora descobria que, diferente de como imaginava, não eram seres destinados ao mal. E esse fato, de um jeito confuso que custava a compreender, a inquietava.

– Os neutros esconderam a *Stundenglas* em um lugar secreto e depois desafiaram os dragões e as serpes a encontrá-la – continuou Effi. – O primeiro resultado dessa ideia foi uma espécie de trégua, porque todos estavam empenhados na busca.

– No fim alguém encontrou a clepsidra? – perguntou Lidja.

Effi concordou.

– *Die Drachen*. Em particular foi Aldibah, o dragão que morava em Karl, que a conquistou.

Lidja inclinou-se ainda mais para a frente.

– E então por que não colocaram as coisas de volta no lugar? Por que não aniquilaram as serpes? Resumindo, depois disso Nidhoggr quase conseguiu destruir a Árvore do Mundo, e a guerra não terminou...

A mulher passou a mão entre os cabelos. Ela sentia uma dificuldade evidente para explicar a situação.

– Mudar o passado não é fácil. Há tantos elementos que devem ser levados em consideração... Quando você toca algo, nunca sabe de que modo mudará. Por isso a *Stundenglas* é um objeto perigoso. Modificar o passado também. A história tende a se repetir, mudamos uma coisa para consertar um fato desagradável e acabamos aprontando alguma outra confusão... entendeu?

– Effi está querendo dizer que toda ação tem um custo difícil de ser previsto – interveio o professor. – Anular um acontecimento pode levar a consequências inimagináveis, até trágicas. O tempo tem regras imutáveis. É como um dominó cósmico, cheio de ramificações, impossível de controlar. Tiramos uma peça, e o mosaico é tão complexo que não temos ideia do que esse pequeno gesto pode mudar na ordem de queda de todas as outras.

Lidja não parecia tão convencida assim.

– De qualquer maneira – Effi voltou a falar –, os dragões tentaram. Aldibah procurou modificar o acontecimento que tinha causado a guerra, mas talvez tenha se enganado, talvez não tenha entendido por que as serpes haviam se rebelado... Resumindo, quando voltou ao presente, a guerra se enfurecia ainda mais sanguinária, e os dragões estavam perdendo.

– Bela porcaria – disse Lidja baixinho.

– Então os dragões entenderam que aquele objeto era perigoso, que não era mais necessário usá-lo, e o deram aos Guardiões para que o destruíssem.

– E você não se lembrava dessa clepsidra, professor? – perguntou Sofia.

– Não. Nós, Guardiões, não lembramos tudo do nosso passado. Algumas informações podem se perder na passagem de uma geração a outra.

Effi continuou seu relato:

– Só que o Guardião ao qual foi designada a tarefa de destruí-lo não o fez. Ele a escondeu em um lugar secreto, talvez pensando que um dia, sabe-se lá, poderia ser útil... De geração em geração, o segredo da Senhora dos Tempos passou aos Guardiões conscientes da própria missão, os quais sempre conseguiram encontrá-la e escondê-la a cada vez em um novo lugar seguro.

Ela se interrompeu e baixou o olhar sobre a mesa, brincando nervosamente com a unha em volta de um nó da madeira.

Seguiu-se um longo silêncio. Todos a olhavam, prendendo a respiração.

– E foi assim que ela chegou até a mim – disse Effi, enfim.

– E... você ainda está com ela? – arriscou Lidja.

– Nunca a vi – respondeu a mulher seriamente –, mas sei onde encontrá-la.

A menina bateu a palma da mão na mesa.

– Então está resolvido! Quero dizer, nós a pegamos, mudamos o passado e evitamos que Karl morra! – disse, empolgada.

– Era o que eu estava prestes a fazer quando vocês chegaram. Resgatar a clepsidra e mudar as coisas.

Sofia olhou o professor.

– Isso resolve tudo... ou não?

– É possível. Mas temos que levar em conta o que aconteceu com os dragões. Não sabemos exatamente o que ocorreu com Karl: ele encontrou o fruto? Investigou por conta própria e Nida o seguiu? Devemos tomar extremo cuidado com o que vamos mudar no passado, porque temos uma única chance. Uma vez que girarmos a clepsidra, ela nos dará um tempo limitado para fazer o que temos que fazer. Além disso, cada pessoa pode usá-la uma única vez na própria vida, e depois se tornará um objeto comum em suas mãos. Em certo sentido, é uma espécie de precaução contra quem quiser abusar de seus poderes.

– De todo modo, não sabemos quais serão as consequências de salvar Karl... – observou Sofia.

– Que consequências você quer que haja? Nidhoggr ainda não terá vencido esta batalha. Você entendeu ou não o que está em jogo? – explodiu Lidja.

– Sofia tem razão. Não, não sabemos de que modo nossa intervenção mudará o futuro. Teremos Karl de novo, mas isso poderia causar estragos piores, sabe-se lá... É esse o preço que se paga quando queremos mudar acontecimentos já ocorridos. Não é por acaso que os dragões decidiram se desfazer da clepsidra – rebateu o professor.

Lidja bufou.

– Mas, se não salvarmos Karl, sabemos exatamente o que acontecerá: a Árvore do Mundo morrerá.

– É verdade. E é por isso que vamos recorrer à Senhora dos Tempos. A essa altura não temos escolha.

– Bem, então eu diria que está resolvido – disse Lidja. Seu humor havia melhorado muito. – Onde está a clepsidra?

– Naturalmente, escondida em um lugar... acima de qualquer suspeita – respondeu Effi. E, pela primeira vez desde que a conheceram, dirigiu-lhes um sorriso tímido.

## 5
# Noite no museu

*chnell!* Daqui a pouco a bilheteria vai fechar – pressionou Effi. O bonde fez um ruído metálico atrás delas, afastando-se do ponto de Isartorplatz.

O Deutsches Museum era imenso. O professor tinha dito que se tratava do maior museu da ciência e da técnica do mundo, e Sofia estava morrendo de curiosidade. Na escola, ela sempre se interessou por disciplinas mais técnicas. Era como olhar na barriga das coisas: ficava fascinada ao descobrir como funcionavam os grandes aquecedores do orfanato, ou o secador de cabelo, ou muitos outros pequenos e grandes objetos da vida quotidiana.

Estava em missão somente com Effi, haviam decidido que era mais seguro assim.

– É necessário ficar no museu depois do fechamento, irmos os quatro seria perigoso. Correríamos o risco de sermos notados. Vocês duas sozinhas terão mais chances, e por outro lado Effi não pode ir só: nós, Guardiões, somos indefesos contra os seguidores de Nidhoggr – explicara o professor.

Durante toda a viagem de bonde, Effi e Sofia permaneceram em silêncio, a garota com o rosto grudado no vidro. A cidade passava sob seus olhos, novamente banhada por aquela chuva fina que parecia não querer ir embora. Munique começava a fazer parte dela: era tão organizada, tão... limpa. E ela gostava disso. Toda aquela ordem era uma baforada de ar fresco, sobretudo em um momento confuso como o que estava vivendo. Tudo havia se precipitado tão rapidamente que mal tivera como se dar conta do que acontecia.

Effi comprou as entradas no caixa, e Sofia a precedeu ao longo dos amplos corredores do museu. Não havia muitos visitantes naquele dia, e os poucos que passeavam entre as obras expostas pareciam minúsculos na grandiosidade daquelas salas.

– Vamos dar uma volta até a hora de fechar, depois nos escondemos, está bem? – propôs Effi.

Sofia limitou-se a concordar. Sentia-se um pouco guarda-costas. De resto, era exatamente esta a sua função: proteger Effi caso Nida aparecesse, e isso a deixava agitada. Tudo bem, seus poderes haviam melhorado no último ano, mas Nida tinha matado um deles. E se ela não fosse capaz de se contrapor a ela?

## A Garota Dragão

Mexeu-se, inquieta, pelas salas, reconhecendo a presença de Thuban na pressão debaixo do esterno, pronta para se manifestar quando fosse necessário. Já sentia seu sinal na testa esquentar um pouco.

– O que quer ver?

Sofia sobressaltou-se.

– Você está em um dos maiores museus do mundo, não está curiosa?

– Estou apenas preocupada – respondeu ela, um pouco melindrada. Effi pareceu não entender. – Por causa dos inimigos que podem nos agredir – especificou Sofia com uma ponta de acidez na voz.

– Oh... sinto muito... Mas não acho que eles sabem sobre a Senhora dos Tempos.

"Muito tranquilizador", pensou Sofia olhando em volta.

– Quero ir ao planetário – decidiu, enfim.

– Oh, *die Sterne*... você gosta delas? – Diante do rosto perplexo de Sofia, Effi percebeu o erro: – Desculpe... as estrelas... você gosta das estrelas?

Tiveram que subir três lances de escada até saírem em um amplo terraço. Soprava um vento tenso, e Sofia levantou o cachecol sobre a boca. Ficou sem fôlego. A cidade inteira se estendia aos seus pés: da torre do Rathaus até o campanário da Frauenkirche, lugares que ainda não tivera a oportunidade de visitar, mas que o professor lhe descrevera do avião. Era como daquela vez no Pincio, mas sem vertigens agora; aliás, com o desejo de voar sobre aquele mosaico de telhados vermelhos e escuros, brilhantes de chuva.

Effi apoiou-se na balaustrada ao lado dela.

– Bonita, não é? Sempre gostei muito da vista daqui de cima – disse. – Amo muito minha cidade.

Ah, sim. Diferentemente dela, que nunca se sentira romana e pertencia a uma dimensão que nem sequer existia na Terra. Mas entendia como era possível amar aquele local e ter orgulho de fazer parte dele.

– Karl também adorava este lugar. Ele era apaixonado por estrelas – continuou Effi. – Vínhamos ao Deutsches Museum com frequência e passávamos horas aqui em cima olhando o céu. – Ela suspirou, perdida em algumas lembranças dolorosas. – Mas por que estou dizendo isso a você? Você é de Roma, uma cidade muito mais bonita do que esta.

– Já esteve lá? – perguntou Sofia.

Effi balançou a cabeça.

– Estive duas vezes na Toscana e uma vez na praia, em Rimini. Gosto da Itália, por isso estou aprendendo italiano. Já estudo há cinco anos. Mas nunca estive em Roma.

Sofia ficou olhando mais um pouco a vista lá embaixo.

Então, a porta do planetário se abriu.

– Pronto, vai começar! – disse Effi com um sorriso.

\* \* \*

Sofia não entendeu nada, a não ser aquele *Stern* repetido continuamente, mas gostou do espetáculo. Às vezes, na mansão do professor, ela parava para olhar o céu, que muitas vezes estava escondido pela bruma e, de todo modo, as luzes dos povoados ao longo do lago o deixavam com uma cor leitosa. Por isso foi bonito vê-lo em seu esplendor, apesar de se tratar apenas de uma ilusão. Sofia perdeu-se entre estrelas e planetas, imaginando não estar naquele lugar, embaixo daquela cúpula com uma desconhecida, mas sozinha, em algum local isolado do mundo, contemplando aquele espetáculo nunca visto. As luzes, porém, se reacenderam cedo demais, e ela estava de novo com Effi. Ainda tinham vinte minutos para passar ali dentro antes que fechasse.

– Vamos comprar algo para comer, quer? – propôs a mulher. Sofia concordou.

Escolheu um *Brezel* que chamara sua atenção: era coberto por uma convidativa casquinha de queijo derretido, e nos buracos estavam enfiadas duas lindas fatias de salame. Certamente não era o ideal para a boa forma, mas decidiu não se preocupar com isso.

– *Feinschmeckern* – comentou Effi. Então tentou explicar: – Sim, pessoas que gostam das coisas boas, talvez até um pouco demais...

– Gourmet – especificou Sofia. – Em italiano se diz assim.

– É que a língua de vocês é difícil... – observou Effi, apoiando a bochecha na mão. Ela a olhava com doçura, tanto que Sofia se perguntou se estava se lembrando de Karl. – Está quase na hora – anunciou a alemã, conferindo a hora. – Temos que nos esconder.

Entraram em uma sala perto da bilheteria, e o espetáculo que se abriu aos seus olhos foi absolutamente grandioso: o cômodo estava repleto de navios. Pedaços inteiros de cascos em exposição, proas, velas e lemes desfilavam sob o olhar encantado de Sofia: havia veleiros, navios a vapor, embarcações de todos os tipos, e até se podia andar dentro de alguns barcos. Ficou arrebatada. Nunca tinha visto um navio na vida, e agora toda aquela riqueza se apresentava para ela. Parecia que tinha ido parar na Ilha do Tesouro ou dentro de *Piratas do Caribe*, e teve a sensação de que Johnny Depp pudesse descer de um mastro a qualquer momento. Foi a voz de Effi que a chamou de volta. A sala já estava praticamente vazia.

– Por aqui – disse a ela.

Aproximaram-se do que parecia ser um grande torpedo de metal, um submarino. Sofia logo se lembrou do que o professor tinha na mansão. Aquele era tão gracioso, com sua forma engraçada de peixe, quanto este era ameaçador. Sem dúvida havia sido projetado para a guerra.

## A Garota Dragão

Tinha uma abertura lateral. Effi olhou ao redor, depois se enfiou lá dentro. Sofia permaneceu imóvel. Aquele troço lhe dava ânsia.

– Você vem? – chamou a mulher, colocando a cabeça para fora da chapa cortada.

Sofia engoliu. Não tinha escolha; entrou.

Era um buraco cheio de tubos, alavancas, botões e todo tipo de objeto capaz de tirar ar e espaço. E provocar ânsia, obviamente. O cheiro de metal era forte, ou pelo menos pareceu assim a Sofia. Suas pernas pareciam exigir que saísse dali o mais rápido possível.

– Agora só temos que ficar caladas e boazinhas por algumas horas.

– Algumas horas? – Sofia achou que iria desmaiar. – E o que vamos fazer enquanto isso?

Effi vasculhou na bolsa e pegou dois livros, ambos em italiano.

– Um para mim, um para você – sorriu.

Sofia recebeu um romance de fantasia de algum escritor italiano que não conhecia. Com temática de piratas, bastante apropriado para o lugar onde estavam. Já Effi escolhera para si algo mais volumoso e imediatamente mergulhou na leitura.

– Ah, e para quando ficarmos sem luz... – disse de repente, voltando a remexer na bolsa.

– Vão apagar as luzes?! – exclamou Sofia, desesperada.

— Vão fechar... é óbvio. Mas nós temos esta — respondeu Effi agitando uma lanterna.

Sofia suspirou, depois olhou a capa do livro. Pelo menos tinha alguma coisa para matar o tempo.

Não foi tão ruim quanto o previsto. O romance era apaixonante, e Sofia se perdeu nele em pouco tempo. O silêncio daquele lugar a ajudou a se distanciar, e apenas de vez em quando, nas primeiras duas horas, ouviram os passos dos vigias que faziam uma ronda de averiguação. Depois tudo se calou.

Quando chegava à melhor parte da história, quase nos capítulos finais, Effi fechou seu livro.

— Está na hora — anunciou.

Colocaram a cabeça para fora com prudência. A mulher olhou ao redor, cautelosa, mas a sala estava vazia. Sob a fraca luz das lâmpadas de segurança, aquele lugar tinha um quê de mágico e misterioso. As sombras desenhavam figuras estranhas nas paredes, e as velas, levemente iluminadas, pareciam portais para mundos fantásticos.

Quando tiveram certeza de que não havia ninguém por lá, foram em frente. Seus passos retumbavam no mármore, ainda que tentassem fazer o menor barulho possível. Seguiam com prudência, entre as vitrines imersas na sombra e objetos que Sofia nunca tinha visto tão de perto. Tiveram que atravessar todo o museu adormecido. No sossego da noite, era como se os objetos expostos vivessem uma segunda vida. As locomotivas pareciam a ponto de partir para destinos distantes, os carros eram monstros dormentes, que aguardavam apenas um sinal para se ativarem. Os objetos nas redomas pareciam quase à espera. Sofia sentia-se observada, e novamente evocou Thuban. O sinal na testa pulsou. Mas não era o inimigo, sabia disso. Era aquele lugar, reino da ciência de dia, território do mistério à noite. O que sob a luz parecia claro e inofensivo, com a escuridão, assumia traços fantásticos. Havia vida entre os objetos inanimados.

Subiram até o terceiro andar, onde penetraram em uma sala não muito grande, cheia de aparelhos complicados. Era a sala dedicada aos relógios. Havia relógios de pêndulo delicadamente trabalhados, mecanismos cheios de rodinhas, alavancas e rodas dentadas e um estranho cone colorido. Aproveitando-se de seus conhecimentos de inglês, Sofia entendeu que se tratava de uma representação da história do universo, desde o Big Bang até os nossos dias. Ficou hipnotizada olhando as cores daquela estrutura, até ouvir um *clic*. Virou-se de um pulo e viu Effi às voltas com um relógio de pêndulo. De algum jeito tinha conseguido abri-lo, e agora interferia no delicadíssimo mecanismo usando um simples grampo de cabelo.

Sofia acorreu:

– Pare! Deve haver algum alarme! – sussurrou, fechando sua mão ao redor do pulso dela.

Effi sorriu e balançou a cabeça.

– Não neste objeto, tenho certeza. Já fiz minhas investigações. Confie.

Sofia observou-a girar as rodas dentadas; agia com cautela, mas também com decisão, naquele mecanismo maravilhoso e sabe-se lá quão antigo e delicado. Um novo *clic* e desta vez Effi deu um passo atrás. A parede por trás do relógio de pêndulo se moveu para a frente, depois girou sobre si mesma, revelando uma passagem secreta.

A mulher sorriu triunfante.

– Por favor – convidou-a, indicando a escuridão depois da soleira.

Sofia avançou alguns passos. Havia um forte cheiro de lugar fechado, quem sabe há quanto tempo ninguém punha os pés ali dentro. Depois o escuro se iluminou: Effi tinha acendido a lanterna.

A passagem era nada além de um corredor estreito e retangular, em sintonia com a arquitetura severa do restante do prédio. Sofia logo foi capturada por um detalhe: a parede da direita era decorada por um desenho estilizado, em mármore verde e preto, com a figura de dois animais entrelaçados um no outro em uma luta até a última gota de sangue: seus corpos longos e sinuosos se desemaranhavam por todo o comprimento do corredor, tanto que as cabeças não eram visíveis; mas Sofia entendeu que eram um dragão e uma serpe.

Effi tomou a frente.

– Vamos? – incitou-a, e Sofia a seguiu.

Assim que atravessaram a soleira, a porta atrás delas se fechou. A garota sentiu o coração dar uma cambalhota.

– Fique calma, está tudo certo. Temos só que empurrar para sairmos – tranquilizou-a Effi, e voltou a seguir em frente.

– Como você consegue andar com tanta segurança? – perguntou Sofia, curiosa. – Quero dizer, como sabe todas essas coisas?

– Pesquisas. Foi meu bisavô que construiu este lugar justamente para proteger a Senhora dos Tempos. Era um Guardião como eu e a escondeu aqui dentro. Intuí isso depois de encontrar algumas anotações dele no sótão da minha mãe, em que descrevia detalhadamente este local.

Sofia estava ofegante. Não sofria de claustrofobia, mas aquele lugar colocava seus nervos à dura prova. Era tão apertado que Effi arrastava os ombros nas paredes, e ela mesma acabava tocando-as alternadamente com um braço ou com o outro a cada movimento. A luz iluminava apenas curtos trechos do corredor, que não era de todo reto e parecia construído às pressas. Como se não bastasse, a passagem estava obstruída por centenas de teias de aranha, tão densas e secas que crepitavam sempre que a cabeça de Effi passava rente a uma.

Sofia suava frio e só desejava sair dali o mais rápido possível.

# Noite no museu

Finalmente apareceram na parede as imagens das cabeças do dragão e da serpe, e com elas uma segunda porta, de madeira. Fechada.

– E agora?

Effi pegou o grampo e começou a mexer na fechadura. Sofia se perguntou onde ela tinha aprendido aqueles pequenos truques. Não conseguia imaginar o professor fazendo algo do tipo: ele não levava nenhum jeito para a ação. Já Effi parecia perfeitamente à vontade naquela situação. A porta se abriu após poucas tentativas, e se viram em um ambiente mais amplo, mas não menos asfixiante nem menos infestado por horríveis teias de aranha. As paredes estavam cobertas por uma camada irregular de cal, e do chão erguiam-se alguns andaimes de madeira. Em frente a elas, o mecanismo gigantesco de um relógio. Havia rodas dentadas com o diâmetro de pelo menos dois metros e outras minúsculas como grãozinhos de pó: parecia que estavam dentro da caixa de um relógio de bolso. Tudo se movia como se estivesse perfeitamente lubrificado, com um leve zumbido semelhante à respiração de um ser vivo. Sofia perdeu o fôlego.

– É o relógio do pátio, você o viu antes? Aquele com os signos do zodíaco.

Sim, Sofia havia visto. Até porque, como não vê-lo? Tinha um enorme quadrante azul-escuro, com frisos e ponteiros de ouro. Em cima dele estavam gravados todos os signos astrológicos.

Effi foi para debaixo do mecanismo.

– Não é perigoso? – perguntou Sofia. Aquelas rodas davam a impressão de poder tranquilamente esmigalhar uma pessoa do tamanho de Effi, ou pelo menos arrancar-lhe uma das mãos.

– Não se preocupe – disse ela. Sentou-se no chão, o nariz quase tocando uma roda do relógio de jeito cortante.

Sofia foi para perto dela e a viu abrir a palma da mão. Dentro havia uma pequeníssima roda dentada.

– Eu a tirei do relógio de pêndulo que abrimos para entrar – explicou. Pegou-a com os grampos, depois começou a estudar o mecanismo, a testa enrugada.

Sofia temeu intuir o que faria.

– É perigoso demais! – exclamou.

– Sei como se faz.

– Se você errar, perde pelo menos uma das mãos!

– É o único jeito.

Effi estava segura e determinada.

– É isso – disse a alemã ao entender aonde ia a rodinha, e a testa se alisou.

Sua mão se mexeu com precisão, sem um tremor. Foi questão de um segundo. Inseriu a rodinha entre duas rodas maiores, no ponto em que se tocavam. Sofia ficou com o fôlego suspenso até a mulher afastar a mão daquele mecanismo infernal. O relógio pareceu se bloquear apenas um instante, depois o som que produzia se modificou. Um zumbido mais fino, quase estridente, e um *tac*. Então a rodinha caiu no chão, deformada pela pressão exercida pelas rodas maiores, e tudo voltou a ficar como antes.

– Viu? – perguntou Effi com um sorriso, levantando-se. Sofia voltou a respirar.

Alguma coisa, em uma parede lateral, havia mudado. Um dos apoios de madeira se abrira, revelando um nicho. Sofia aproximou-se devagar. A lanterna estava apontada para algo que emitia um brilho fraco e empoeirado.

– E aí está... a Senhora dos Tempos! – anunciou Effi, triunfante.

# 6
# Effi encontra Effi

A Senhora dos Tempos estava apoiada na mesa, na cozinha de Effi. Parecia um tanto deslocada naquele contexto. Era quase como um objeto caído de outra dimensão. O professor Schlafen, Effi, Sofia e Lidja estavam sentados ao redor da mesa e a olhavam arrebatados. Sofia pensou que no conjunto a cena devia ser bastante curiosa vista de fora: quatro pessoas encantadas contemplando uma clepsidra empoeirada.

Isso mesmo, porque a Senhora dos Tempos, a despeito do nome, parecia um daqueles troços velhos e inúteis que em geral são encontrados nos sótãos das avós. Estava coberta por uma camada tal de poeira que nem sequer se conseguia entender de que cor era o suporte, nem ver o conteúdo através da ampola de vidro.

– Talvez devêssemos limpá-la um pouco... – sugeriu Sofia.

Effi levantou-se e foi pegar um pano na pia da cozinha. Em um silêncio religioso e com gestos medidos, começou a tirar o pó da clepsidra, evitando cuidadosamente virá-la. Aos poucos, seus contornos e sua aparência foram se delineando melhor.

Tinha cerca de vinte centímetros de altura e pesava o suficiente para que fosse possível segurá-la com uma só mão. O suporte era constituído por dois troncos estilizados: ao redor de um enrolava-se um dragão, entalhado em madeira clara, talvez falso-plátano; os ramos eram decorados por flores de vários gêneros e pareciam pulsar de vida. Já em volta do outro enrolava-se uma serpe escuríssima, provavelmente de ébano, e sobre a casca estavam esboçadas apenas espinhos e folhas secas. Com exceção das esculturas dos dois animais, o objeto devia ter sido entalhado na casca da Árvore do Mundo, porque sentiam emanar dela um poder benéfico, ainda que leve e sufocado. A ampola, encaixada entre os dois animais, podia girar em volta de um eixo que unia os dois troncos. Emanava reflexos ambarinos, e dentro dela via-se um líquido puríssimo e dourado. Brilhava de modo incrível, em forte contraste com o resto, que continuava parecendo velho e mofado apesar da meticulosa obra de limpeza de Effi.

O professor analisou atentamente o objeto.

— A ampola deve ter sido feita com resina da Árvore do Mundo cristalizada, enquanto o material dentro dela é resina líquida. Este é um objeto excepcional – concluiu, os olhos brilhando e a voz quase tremendo de emoção.

— Então por que o poder que sinto é tão fraco? – perguntou Lidja.

— Porque a Árvore do Mundo também é. Esta é sua madeira, e dentro não flui vida como na Gema. É normal que você o perceba como um objeto quase inerte. Mas eu lhe asseguro que, se a Árvore do Mundo estivesse com seus plenos poderes, esta clepsidra nos apareceria em uma luz completamente diferente. Nunca vi uma relíquia tão extraordinária. É inferior somente aos frutos, em relação à potência.

Sofia custava a acreditar. Parecia um objeto tão comum...

— Vai funcionar? – continuou Lidja.

Effi concordou.

— Não existe nada que possa privá-la de seu poder, nem os anos, nem a poeira.

Ficaram em silêncio mais um pouco, e por fim foi Lidja que passou à ação:

— Então eu diria que temos que usá-la, não?

Todos se olharam. De repente ficou claro para cada um deles o quão enorme era aquilo que se preparavam para fazer. Era o tipo de coisa que se lia em romances de ficção científica, o sonho do perfeito cientista maluco. Sofia lembrou-se de um romance que tinha lido uma vez sobre o assunto. Era a história de um sujeito que voltava no tempo só para matar seu avô, que considerava um animal indigno de viver. Mas, se assassinasse o avô, ela se perguntara, então como ele faria para existir?

Um arrepio desceu por suas costas. Agora entendia por que aquela era uma arma perigosa, a ser usada apenas em caso de extrema necessidade. Todos os discursos de Effi e do professor sobre as dificuldades de mudar o passado estavam claros.

– Como funciona? – perguntou, só para quebrar aquela tensão extrema que se instalara entre eles.

Effi pegou a clepsidra na mão.

– Nós a rodamos, e cada volta é um dia atrás no tempo. Somente quem a toca enquanto ela é virada pode viajar no tempo e manter as lembranças do presente.

– Portanto, nós quatro temos que rodá-la juntos – intuiu Sofia.

– Se todos quisermos viajar, sim.

– Eu diria que é necessário – disse o professor. – Você, Effi, é a única que conhece Karl e seus hábitos, e vocês duas são indispensáveis para lutar contra Nida.

– E quanto tempo precisamos voltar? – perguntou Lidja.

O professor olhou Effi.

– Não sei exatamente quando Karl começou a estar realmente em perigo... – disse ela.

– Tente lembrar se aconteceu algo de estranho nos últimos dias, algo que talvez você não tenha percebido no início, mas que poderia ter sido um sinal de alerta.

A mulher baixou o olhar, esforçando-se para se concentrar.

– Não contei a vocês uma habilidade especial de Karl. Ele tinha visões, em que Aldibah se comunicava com ele. A ligação deles era tão forte que seu dragão podia lhe transmitir não somente palavras de conforto, mas também imagens e sensações. Em geral, ele o visitava em sonhos e lhe mostrava dragões magníficos, retalhos das maravilhosas paisagens de Dracônia, céus infinitos que lhe infundiam esperança.

Sofia não achou nada de especial naquela habilidade: ela também, no orfanato, sonhava voar através de céus limpidíssimos, acima de uma cidade com torres brancas e fontes de mármore, que se parecia com as descrições que o professor lhe fizera de Dracônia.

– Mas em algum momento essas visões mudaram – continuou Effi. – As paisagens de fábula e os dragões aos poucos foram substituídos por elementos reais, relacionados a lugares existentes. Praças, cidades, povoados e ruas... parecia que Aldibah queria nos dar indicações concretas.

– Sobre a posição do fruto – intuiu o professor.

– Exato. Nunca eram informações claras e precisas, mas pelo menos nos permitiam restringir o

## Effi encontra Effi

campo das nossas buscas. Foi desse jeito que descobrimos que o fruto estava escondido na Baviera. Depois, como em um zoom, as visões mostraram a Karl algumas ruas conhecidas de Munique, assim entendemos que estava na nossa própria cidade. Perdi o sono pensando naquelas pistas, tentando extrair delas informações mais detalhadas, mas foi inútil. Até que, uma noite, nas visões de Karl, apareceu um elemento crucial: dois leões dourados. Pensei no brasão dos Wittelsbach, a dinastia real da Baviera, e o relacionei à Residenz. Era ali que eu estava concentrando as buscas, que no meio-tempo eu conduzia fora dos sonhos de Karl, e para lá que fomos... e encontramos Nida pela primeira vez.

– Quando aconteceu? – perguntou o professor. – Talvez possa ser importante para entender quando Karl começou a estar em perigo.

– Pouco antes de ele... – Effi não conseguiu pronunciar aquela palavra. – Três dias antes da noite em Marienplatz.

– Então eu diria que temos que voltar ao menos oito dias, para ter tempo de estudar a situação – sugeriu o professor.

Sofia e Lidja olharam-se, e Effi pareceu pouco à vontade.

– Tudo bem, vamos fazer e chega – disse Lidja, a primeira a colocar as mãos na âmbula. – Uau... é... estranha!

Sofia a seguiu de perto. De fato a clepsidra lhe transmitia uma sensação de bem-estar, e a resina cristalizada não era fria ao tato, como sua aparência vítrea faria supor. Emanava uma tepidez agradável, como a que sentimos ao brincar sem luvas com a neve e depois colocar as mãos perto do fogo. Era um calor com cheiro de casa.

A resina líquida dentro dela começou a turbilhonar.

– Ela se ativou – disse Effi, que também colocou a mão na ampola.

O professor foi o último.

– Oito voltas, lembrem-se. Temos que fazê-las em sentido anti-horário, para voltar no tempo. Depois a soltamos todos juntos, combinado? – recomendou.

Todos concordaram. A tensão era palpável.

– Quando eu chegar ao três – disse o professor. – Um...

Sofia prendeu a respiração.

– Dois... três!

Viraram perfeitamente em uníssono, como se fosse uma única mão que agia na Senhora dos Tempos. Cada um sentia os tendões dos outros contraídos e o véu fino de suor das palmas. Sofia fechou os olhos, mas uma forte pressão nos ouvidos e nas pálpebras fez com que os abrisse quase imediatamente. Ao redor dela explodiu um caos indistinguível de ruídos e cores. Era como se cada coisa se dissolvesse e escorresse, como em um quadro no qual alguém tivesse jogado terebintina. Tudo à sua volta se tornou confuso, menos a clepsidra e os rostos de seus companheiros de viagem.

Depois, sob aquela pátina diluída, apareceu o mundo de novo, mas não como ela o conhecia. Parecia que estava vendo um filme que rebobinava a uma velocidade incrível. O sol surgia e se punha pela janela em um instante, alternando-se com a lua em um ciclo louco. Chuva, sol, nuvens, estrelas. A sombra de pessoas que se moviam rapidíssimas. Sentiu-se enjoada e pensou em largar e sair daquela espécie de pesadelo. Mas sua mão estava apertada pelas outras na clepsidra, e Sofia não podia se soltar. Porém, de todo modo, mesmo se pudesse, não *devia*. Ela era necessária à missão e tinha a obrigação de resistir.

Uma última volta, e a resina turbilhonou mais um pouco na clepsidra, e depois o mundo ao redor dela parou de repente. Foi igualzinho a quando um ônibus freia bruscamente. Sofia, o professor, Lidja e Effi foram arremessados para a frente, e todos soltaram juntos o objeto. Sofia até caiu no chão, nos ladrilhos da cozinha. Sentiu uma ânsia de vômito subir em sua garganta, mas milagrosamente conseguiu segurá-lo.

Olharam-se uns aos outros, todos com a mesma interrogação escrita na testa: tinha dado certo?

Effi levantou-se primeiro e se aproximou do parapeito da janela. E então a viu. A sucessão de telhados que estavam brancos, sob a luz pálida de um céu completamente escuro. Neve. Seu olhar voou para o calendário: era o dia 22 de fevereiro.

– *Wir haben's geschafft!* – exclamou.

– Conseguimos – traduziu o professor, interceptando o olhar interrogativo de Sofia e Lidja.

– Lembro que há uma semana nevava... Conseguimos! – exultou Effi.

– Caramba... deu certo... – disse Lidja devagar, pondo-se de pé. Tinha a mão na testa e estava pálida. Evidentemente, para ela também havia sido difícil passar pela viagem no tempo.

– Vocês todas estão bem, não é? – perguntou o professor.

Effi, Sofia e Lidja concordaram, pouco convencidas. Não tinha sido agradável para ninguém, ao que parecia.

Então ouviram um barulho de risadas subindo as escadas. Todos permaneceram gelados em seus lugares. O ruído de uma chave rodando na fechadura seguiu-se quase imediatamente, e então entenderam que não haviam levado em conta uma coisa óbvia.

– Somos eu e Karl – murmurou Effi, aterrorizada. – Somos eu e Karl voltando do cinema... é dia 22 de fevereiro... e eu estou prestes a me encontrar comigo mesma!

Sofia lembrou-se do conto do homem que matava o avô e também algo vago a respeito do paradoxo temporal. E agora?

## Effi encontra Effi

– Vamos, vamos! – exclamou o professor enquanto a porta se abria e as vozes ficavam cada vez mais próximas. Effi os levou a um quarto vazio. Ela os empurrou para dentro e, com a máxima cautela, fechou a porta atrás de si.

Barulho de passos no piso, mais vozes. A de Effi, já conhecida, que falava com uma alegria que o professor, Lidja e Sofia nunca tinham ouvido nela, e a voz mais fina de um garoto. Karl. Sofia teve uma sensação de vertigem. Karl, o pobrezinho cujo caixão tinha visto descer na fossa no dia anterior. Karl, que ria despreocupado e não tinha ideia de ter diante de si apenas poucos míseros dias para viver.

"Mas não será assim. Estamos aqui para isso", disse a si mesma.

Não resistiu à curiosidade. Abriu um pouco a porta e deu uma espiada. Entreviu um menino bem baixo e gorducho, com cabelos crespos loiríssimos. Algo no meio do caminho entre o estereótipo do garoto alemão padrão e uma publicidade de doces para lanche. Usava óculos de plástico horrendamente grandes e cafonas.

Ela os viu andando pela casa, ele e Effi, que desconheciam completamente que quatro pessoas vindas do futuro estavam escondidas atrás daquela porta.

O professor encostou a fresta, impedindo-a de ver mais.

– Não é prudente – repreendeu-a em um sussurro, indicando Effi. Estava branca como um fantasma. A pouca luz que vazava se apagou, e ficaram no escuro. – Está tudo bem, não vão nos descobrir – tranquilizou-a o professor.

Effi murmurou um *"ja"* pouco convicto.

– Não é isso... é que... ela sou eu... é estranho.

– Eu sei, eu sei, mas agora vamos embora e você terá todo o tempo para se acostumar com a ideia. Onde estamos aqui?

Effi pareceu voltar um pouco a si mesma.

– Na dispensa.

– Há uma saída?

– Não... só a porta.

Lá fora, mais barulhos de passos e vozes.

– Existe algum motivo pelo qual você ou Karl possam entrar aqui?

– Não... acho que não... espero... Aqui ficam todas as coisas que não costumamos usar. Acho que vamos dormir daqui a pouco.

– Você se lembra desta noite? O que fizeram? – Lidja a pressionou.

– Fomos ao cinema, voltamos para casa e depois fomos para a cama – respondeu Effi, esforçando-se para recordar.

– Perfeito. Então vamos esperar que vocês se recolham e depois vamos embora – estabeleceu o professor.

– Eles vão nos ouvir abrindo e fechando a porta – objetou Lidja.

– E quem falou em portas? – replicou ele.

Não tiveram que esperar muito. Menos de meia hora depois, o apartamento caiu no silêncio. Aguardaram mais meia hora por precaução e então decidiram que era o momento de partir.

– Karl se levanta de madrugada? – perguntou o professor.

– Às vezes, nem sempre – respondeu Effi.

O professor segurou a maçaneta e abaixou-a bem devagar.

– Que a Árvore do Mundo nos proteja... – disse, olhando ao redor.

A casa estava deserta, e não se ouvia uma mosca no ar. Das janelas entrava a luz fraca dos lampiões.

– Tirem os sapatos – sussurrou.

Começaram a andar nas pontas dos pés, parando a cada rangido do piso, tentando tomar cuidado.

Dois adultos e duas garotas que se moviam como se pisassem em ovos, ou como se estivessem brincando de esconde-esconde; a dois metros dormia a cópia exata da mulher loira que caminhava descalça, agachada como um gato: uma cena engraçada, se a situação não fosse tão dramática.

– Qual é o cômodo mais distante dos quartos de vocês? – perguntou o professor, sempre em voz baixa.

— A cozinha — murmurou Effi.

Fantástico. Aquele esforço todo e deviam voltar para o lugar de onde tinham saído.

Demoraram pelo menos dez minutos para chegar à cozinha, e todos se sentiram agradecidos quando pisaram os ladrilhos frios. Antes, dois gemidos da madeira os obrigaram a parar, mas felizmente ninguém acordara.

O professor encostou a porta atrás deles e depois foi depressa até a janela. Escancarou-a, e uma lufada de ar gélido penetrou lá dentro.

— Vamos embora por aqui. Lidja, Sofia, precisamos de vocês.

As duas concordaram no mesmo instante. Bastou que fechassem os olhos: os sinais na testa pulsaram e se acenderam: o de Sofia tinha uma luz verde brilhante, o de Lidja, uma luz rosada e quente. Pouco depois, enormes asas de dragão brotaram em suas costas.

— Sofia, você leva Effi, e Lidja me levará. Só o tempo de chegar à rua e nos deixar no chão, sei que não conseguiriam nos transportar para mais longe — disse o professor.

As duas garotas concordaram.

Lidja e Schlafen partiram primeiro, e depois Sofia com Effi.

— A janela, Sofia! — disse o professor, e ela parou em pleno voo, sentindo o peso de Effi arrastando-a para baixo, e fez um esforço imenso para tentar fechá-la por fora.

– Não consigo, professor... – rendeu-se. Então o puxador da janela escapou de sua mão e houve um estrondo infernal. Sofia ficou tão espantada que caiu quase um metro de altura.

– Vamos, vamos – berrou o professor, e Lidja escapuliu para longe, seguida de perto pela amiga.

A cidade estendeu-se aos pés deles, adormecida sob um gélido manto de neve. E também caía neve do céu, leve e impalpável como farinha. O silêncio era absoluto. Aterrissaram perto da estação do metrô, em um frio polar. Somente quando estavam lá embaixo, no calor do túnel, deram um suspiro de alívio.

Não, não seria nem um pouco fácil.

## 7
## As peças se movem

De manhã, se refugiaram em uma grande loja de departamentos da cidade para decidirem o que fazer. À noite haviam dormido algumas horas em um albergue, o mesmo onde reservariam um quarto no futuro: Sofia estava tonta com todos aqueles deslocamentos temporais. Encontrar um lugar livre àquela hora da madrugada não tinha sido fácil, mas por sorte conseguiram.

Fazia um frio terrível. A grande loja de departamentos era um prédio enorme situado exatamente em frente à estação de trem. Lá dentro, em uma festa de luminárias e lâmpadas de néon, o aquecimento estava ligado no máximo, tanto que, quando atravessaram a porta, Sofia quase sentiu falta de ar: uma rajada de calor tórrido atacou-a em cheio.

Tomaram café da manhã em um restaurante no último andar, perto de uma janela que dava para a estação e seu grande relógio. A neve continuava a cair lenta e densa. Sofia não conseguia desgrudar os olhos do vidro. Lembrava-se da neve em Benevento, um mês antes – corrigiu-se: *três semanas antes*, agora que voltara no tempo –, mas era de algum modo diferente daquela. Na ocasião, havia visto uma cidade adormecida, como sob o efeito de um encanto. Mas agora avistava os bondes a toda velocidade, como de costume, e as pessoas passeando atarefadas pelas ruas como se nada estivesse acontecendo. Ainda assim aquele manto branco era tão bonito, tão mágico, que pensava que todos deveriam parar e contemplá-lo.

– Não podemos ficar no albergue. Não temos ideia do que acontecerá, precisamos de um refúgio isolado onde possamos nos mover sem sermos notados – dizia o professor. – Por isso vamos nos transferir para uma casa na periferia que Effi herdou de um tio que morreu há algum tempo. Marquem a posição dela no mapa, vamos para lá hoje mesmo. Esta noite, quando voltarem, terão um quarto inteirinho para vocês, e por isso temos que agradecer à nossa amiga – acrescentou, sorrindo à Guardiã.

Ela retribuiu timidamente, e Sofia sentiu o habitual nó no fundo do estômago. Não queria admitir, mas sentia ciúme da intimidade que estava se criando entre aqueles dois. Ainda assim tinha que reconhecer que Effi não era nada má: durante as horas de tocaia no museu, pôde conhecê-la melhor e apreciar suas qualidades. Era justamente isso que a irritava ainda mais.

– Agora temos que organizar o trabalho – continuou o professor. – Precisamos esclarecer dois pontos: Karl já havia encontrado o fruto no momento do crime? Tinha iniciado uma busca solitária que Effi desconhecia? Segundo: de que modo Nida entrou em cena? Será que intuiu as intenções de Karl e lhe preparou uma armadilha, ou foi Karl que a seguiu? Isso é fundamental para entendermos onde está o fruto, além de salvar o Draconiano.

Todos haviam ficado atentos.

– É aqui que vocês entram no jogo – disse o professor, falando com as duas garotas.

– Eu cuido de Nida – ofereceu-se Lidja prontamente. Sofia podia entendê-la: durante a busca pelo primeiro fruto, Nida a fizera prisioneira e a sujeitara, tornando-a escrava de Nidhoggr com os enxertos metálicos que a serpe usava. Lidja tinha uma conta em aberto com ela.

– Perfeito – aprovou o professor. – Sabemos que amanhã ela estará na Residenz, mas não podemos nos dar ao luxo de esperar: temos que interceptar seus movimentos o quanto antes, porque qualquer hesitação pode ser fatal. Sua função não é simples: você deve procurar vestígios dela, segui-la e entender suas intenções. Durante a nossa aventura em Benevento nunca a encontramos, e isso me faz suspeitar de que está aqui há muito tempo. Você tem que achá-la o mais rápido possível.

Lidja concordou com convicção, já preparada para a missão. Ela era assim: decidida, segura, sempre pronta para a ação. Sofia disse a si mesma que, no lugar dela, arrancaria os cabelos. Munique era uma cidade imensa, procurar uma pessoa no meio de toda aquela gente lhe parecia uma tarefa absolutamente ingrata.

– Portanto, você fica responsável por seguir Karl – acrescentou o professor, virando-se para Sofia. – Fique perto dele, tente entender seus hábitos, observe o que faz. Effi poderá ajudá-la nisso. Se for necessário, pode até se aproximar dele: ele não faz ideia de quem você é.

Sofia concordou, dando uma olhada fugaz para a mulher. De novo lhe cabia trabalhar com ela.

– Bem – disse o professor, enfim, apoiando as mãos na mesa. – Não vai ser fácil, mas, se todos nos dedicarmos, tenho certeza de que conseguiremos evitar o pior. Vamos começar logo. Não temos muito tempo.

Lidja decidiu começar sua busca pelos hotéis nos arredores da Residenz.

– Ela pode até ser uma emanação poderosíssima de Nidhoggr, mas Nida precisa dormir como todos os outros – disse. Rascunhara um retrato dela, que

Sofia achou extraordinariamente parecido com a verdadeira Nidafjoll.

– Não sabia que você era capaz de desenhar tão bem – comentou, admirada.

– Tenho alguns talentos escondidos – replicou a outra, piscando para ela.

"Sim, além dos incontáveis talentos evidentes", pensou Sofia. Já fazia parte da amizade delas aquela inveja benévola que continuava a nutrir por ela. Sentia que, por mais que pudesse treinar e vencer os próprios medos, Lidja sempre estaria um passo à frente, e ela gostava disso. Estava na ordem das coisas.

Para a missão de Sofia, Effi fez anotações em uma folha. Eram os hábitos de Karl: a que horas saía, o que fazia durante o dia, o que tinham feito juntos até aquele momento.

– A busca pelo fruto foi feita principalmente por mim. Quando eu não estava em casa, ele se exercitava.

– Ia à academia? – perguntou Sofia.

Effi deu uma risadinha.

– Não, não é do tipo... ele exercitava os poderes. Na garagem.

Sofia pensou em seus exercícios no calabouço embaixo da mansão do professor. Imaginou se os vizinhos se perguntavam o que um garoto de treze anos fazia fechado por horas na garagem, de onde certamente deviam ouvir barulhos estranhos durante o treinamento.

## As peças se movem

— Estes serão seus horários dos primeiros dias. Fique com uma foto também, caso não se lembre bem do rosto dele.

Sofia colocou a foto no bolso e olhou a folha. Organizada, com precisão, para cada hora do dia estava anotada a atividade que Karl costumava desempenhar. Havia o endereço de sua escola, a rua que percorria para voltar para casa, a loja de gibis onde passava uma boa metade de seu tempo livre e um monte de outras informações.

"Muito alemão...", pensou, perguntando-se se certos estereótipos não tinham um fundo de verdade no fim das contas.

— Agora está na escola – disse Effi olhando o relógio. – Sai às quatro da tarde.

— Portanto eu estou livre até essa hora – observou Sofia.

Effi concordou.

E continuaria livre nos dias seguintes também, se Karl sempre respeitava aqueles horários. Ao que parecia, sua tarefa não seria tão pesada. E teria muito tempo só para si mesma.

Sofia deu uma volta por Munique. Achava que era o melhor jeito de passar a manhã. Arrumou um bilhete diário para os meios de transporte públicos e subiu no primeiro bonde.

Contemplou a cidade que passava pelas janelas: Karlsplatz, ou, como dizia a voz da mocinha que anunciava os pontos, Stachus, pronunciado de um jeito absurdo que ela não conseguia repetir. Havia uma pista de patinação no centro da praça, apinhada de crianças pequenas agarradas a bonecos de ursinho com esquis que as ajudavam a não cair. De um lado estava o Justizpalast, o Palácio da Justiça, uma construção elegante de estilo barroco com uma grande cúpula de ferro e vidro parcialmente coberta pela neve. Depois viu desfilar a Sendlinger Tor, uma das antigas portas da cidade, com suas imponentes e fascinantes torres de tijolos medievais.

Enfim saltou do bonde e, mapa na mão, foi ao Englischer Garten, o parque público da cidade. Parou debaixo da Chinesischer Turm, uma espécie de grande templo budista de madeira no meio do jardim, perto de um pequeno córrego. Sob a neve, parecia fora de lugar. Mas ela gostava, porque, a não ser por um quiosque que vendia *Glühwein* e alguns doces, não havia ninguém. Comprou uma xícara daquele vinho aromatizado, quentíssimo e cheiroso, embora o professor provavelmente não fosse aprovar. Mas estava frio demais, e o perfume era tão convidativo que decidiu fazer uma transgressão. Sentou-se, aproveitando a bebida.

Finalmente podia estar um pouco em paz, sozinha. Precisava disso. Tudo havia acontecido tão rápido... Nem uma semana antes ela curtia os primeiros raios mornos do sol de fim de inverno da janela de seu quarto, e agora estava a mil quilômetros de casa,

# As peças se movem

sob uma temperatura rigorosíssima. A mente correu para Fabio e sua última despedida. Onde estava naquele momento? Ainda pensava nele. Inexoravelmente. Não se tratava de uma paixão passageira. Aquele peso no estômago, aquela sensação doce e amarga não iria embora tão cedo.

Fabio apertou-se no sobretudo. Descobrira que sua mãe lhe guardara algumas economias em uma caderneta de poupança. Não muito dinheiro, mas suficiente para lhe garantir cobertura por alguns meses de caça. E os primeiros tostões ele tinha investido naquele belo sobretudo.

Depois que Sofia e seus amigos haviam deixado Benevento, pensara em voltar à sua vida de sempre. Mas qual vida? Ir de novo para o instituto estava fora de questão. Estava cheio daquele lugar asqueroso. Ali, ele não tinha sequer um amigo, nada que lhe fizesse falta.

Também tinha considerado a ideia de acompanhar aquele sujeito, Schlafen. No fim das contas, não era esse o seu destino? E seus poderes não serviam para trazer a paz de volta ao mundo ou algo do gênero? A vida de Sofia e Lidja não parecia tão ruim. Um teto acima da cabeça, refeições garantidas e alguns laços aos quais se apegar nos momentos difíceis. Mas ainda não se sentia pronto. Não, não se via nas vestes de salvador do mundo e não tinha vontade de se jogar no trabalho em equipe com Schlafen e as duas garotas. Obedecer alguém, executar suas ordens e fingir fazer parte de um grupo... não eram coisas que o seduziam.

Não, havia uma só coisa que queria, que *sentia* precisar fazer: vingar-se. Isso era parte de sua essência, isso é o que faria. Ratatoskr o enganara, Nidhoggr o usara e depois jogara fora. Claro, sabia que não podia derrotar a serpe sozinho. Tinha experimentado os efeitos de seu poder ilimitado e estava bem consciente de que aquela era uma batalha que podia levar adiante somente junto com os outros Draconianos. Mas com Ratatoskr era diferente. Era forte, sim, mas não o bastante. E, após ter usado o fruto, quando havia salvado a vida de Sofia, Fabio sentia que os próprios poderes tinham aumentado. Além disso, o período que passara como Sujeitado, embora tivesse sido muito duro, tivera uma consequência positiva: dera a ele um controle quase total sobre aqueles poderes. Sim, Ratatoskr estava decididamente ao seu alcance e merecia pagar pelo que havia feito.

Pusera-se em seu rastro assim que entendera que se vingar de quem o enganara era a única missão à qual queria se dedicar. Depois do embate que tiveram, porém, Ratatoskr havia desaparecido de cena, e a tarefa não tinha sido fácil. Fabio o procurara por toda parte. Não foi preciso muito para perceber que nem ele nem Nidhoggr estavam mais em Benevento. Algo os havia feito mudar de lugar. Ele não saberia dizer para onde.

# As peças se movem

Assim, Fabio foi parar em Roma, lá onde tudo parecia ter começado. Lá estava a mansão de Schlafen, lá havia sido encontrado o primeiro fruto.

Ele demorou um pouco para encontrar o local. Mas o fato de ter enfrentado Nidhoggr e seus seguidores, de ter sido um Sujeitado, devia ter mudado algo nele. Porque agora *sentia* de algum jeito a presença da serpe. E foi assim que achou o velho gramado pelado às margens da cidade, perto de um depósito de lixo. Era incrível o quanto se parecia com o lugar onde ele e Ratatoskr se encontravam em Benevento. O mesmo ar lastimável, a mesma sensação de degradação. Nidhoggr amava o que era imundo e deteriorado.

Ele o viu chegar de longe, com seu passo amortecido e seu andar seguro. Sentiu uma onda de ódio invadi-lo assim que o avistou. Sua roupa sofisticada, o jeito afetado com que arrumava os cabelos castanhos, seu rosto perfeito. Porém, havia algo novo em sua face. Uma cicatriz larga atravessava todo o lado direito dela, como uma enorme queimadura. Fabio sentiu-se tentado a entrar logo em ação. Ele se preparara, estava pronto, podia conseguir. Fechou os olhos, e o sinal em sua testa pulsou, amarelo-dourado, enquanto já sentia as chamas de Eltanin incendiarem seu peito. Mas de repente experimentou uma sensação de gelo e perplexidade. Abriu os olhos: os lampiões haviam se apagado.

Ratatoskr estava dizendo algo, algo que Fabio lembrava bem: a fórmula de evocação. Estava chamando Nidhoggr.

A sombra do jovem tremeu e começou a se expandir, até englobar todo o panorama desolador ali em volta, envolvendo-o em uma escuridão densa e impenetrável. Fabio foi engolido por ela.

Então viu emergir do preto, devagar, a serpe; seus traços, ainda mais nítidos que da última vez, destacaram-se na escuridão. Primeiro os olhos vermelhos, depois o negro brilhante da couraça de escamas. Enfim o esgar cruel de sua boca, a fileira de dentes afiadíssimos.

Em sua raiva, Fabio teve que admitir que estava com medo. Um arrepio de terror desceu por suas costas, paralisando-o. Até Eltanin parecia ter se dissipado sabe-se lá para onde, deixando-o sozinho e nu diante do poder da serpe, um poder ainda mais forte do que se lembrava. Instintivamente tornou-se pequeno, tentando se esconder, embora estivesse longe do local do encontro.

– Meu Senhor, aqui estou eu, como queria – disse Ratatoskr caindo de joelhos.

Nidhoggr deu uma risada de escárnio.

– E aí? Fez o que lhe pedi? – Sua voz tinha o efeito de uma lâmina afundando na carne.

– Sim, meu Senhor. Não foi fácil, mas acho que encontrei um jeito.

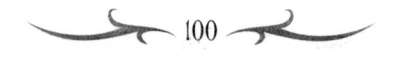

# As peças se movem

Nidhoggr explodiu em uma risada comprida e satisfeita, ainda mais terrível que sua voz.

– Bom. Você me decepcionou profundamente há pouco tempo, sabe disso.

Por instinto, Ratatoskr levou a mão à cicatriz em seu rosto.

– Achei que tivesse pagado... – murmurou.

– Ninguém nunca paga o suficiente quando me decepciona, e vocês já fizeram isso duas vezes. Mas agora você vai voltar para mim com um presente fantástico, e por isso lhe darei mais uma chance.

– Obrigado, meu Senhor, obrigado! – exclamou Ratatoskr com entusiasmo.

– Nidafjoll está perto da meta. Mas agora precisa de você. Tome. Este objeto será de grande ajuda para vocês.

Fabio tentou ver o que a serpe colocava com solenidade nas mãos de sua criatura, mas não conseguiu entender o que era.

Ratatoskr respondeu com um olhar extasiado: devia se tratar de um objeto muito precioso. Nidhoggr não disse uma palavra, como se seu subordinado já soubesse o que era e como deveria usá-lo.

– Vá ao encontro dela, agora.

– Sim, meu Senhor.

– E lembre-se: desta vez não admito falhas, de nenhum tipo. Assim como os criei, sou capaz de destruí-los.

A escuridão se desfez de repente, e Fabio se viu no gramado, escondido atrás de um arbusto de cardo. Sentia-se como se tivesse ficado sem ar por um tempo longo demais e houvesse acabado de sair da água.

Ratatoskr levantou-se. Fabio sentiu de novo um ódio forte, imenso. Mas agora não podia atacá-lo. O que tinha nas mãos? Por que Nida precisava dele? Vingar-se, agora, não faria sentido, se depois isso levasse o inimigo à vitória.

Arreganhou os dentes, mas sabia o que devia ser feito. Assim que Ratatoskr se virou para ir embora, ele o seguiu.

# 8
# Na cola de Karl

Sofia ficou no parque por um longo tempo. Precisava pensar, e naquele momento tinha muitas coisas para pôr em ordem na cabeça. Por fim, levantou-se do banquinho até um pouco atrasada para interceptar Karl na saída da escola.

Entrou correndo no ônibus e voou para dentro do metrô. Ainda não estava acostumada a pegar os meios de transporte públicos. Em Roma nunca tinha feito isso, e, de todo modo, em sua cidade só havia duas linhas de metrô; ali o número de linhas era descomunal, e se enroscavam no mapa de modo indestrinçável. Azul, vermelha, verde, U-Bahn, S-Bahn – que ainda não tinha entendido claramente em que se diferenciavam – e, além disso, estações principais com nomes impronunciáveis...

Obviamente pegou a direção errada e só percebeu na metade do caminho. Saltou às pressas,

## A Garota Dragão

os olhos grudados no relógio, e mudou de direção correndo o risco de ser arrastada pela multidão que saía dos vagões. Era a hora do rush da tarde, em que todos voltavam do trabalho.

Quando chegou, a pequena praça em frente à escola estava deserta. Todos já tinham ido embora. Sofia estava ofegante, e para correr até ali havia até escorregado no gelo. Tentou pedir informação a alguém. Ingenuamente começou falando em italiano, e recebeu como resposta um olhar perplexo: esquecera que estava no exterior. Precisava tirar o pó de seus escassos conhecimentos de inglês.

Lembrava-se vagamente das aulas na escola: o assunto a interessava pouquíssimo, por isso nunca se empenhara muito. O professor sempre insistira para que estudasse, e aplicava provas orais com bastante frequência. Mas isso não havia aumentado seu amor por uma língua pela qual não sentia fascínio de jeito algum. A mania que os ingleses tinham de sempre colocar o adjetivo antes do substantivo lhe parecia uma coisa contra a natureza, como se todos falassem como o Yoda de *Star Wars*.

De todo modo, fez um esforço.

– *I am searching this boy* – disse com uma pronúncia tão dura quanto a sintaxe, mostrando a foto de Karl.

Diante dela estava um gari que tentava eliminar justamente uma daquelas placas de gelo que a fizeram escorregar. O sujeito não falava muito melhor do que ela. Balançou a cabeça e deu de ombros.

– *I don't know* – disse, e lhe sugeriu com gestos que tentasse perguntar a alguém dentro da escola.

Sofia entrou, hesitante. Havia uma inspetora, ou algo parecido, no saguão espelhado. Repetiu a pergunta, e dessa vez se viu diante de uma mulher com o sotaque quase oxfordiano, tanto que teve que pedir para ela repetir a resposta duas vezes.

Sim, ela o conhecia, era Karl Lehmann, e havia saído junto com todos os outros.

Sofia agradeceu, conformada. Só podia fazer uma coisa: ir à casa de Effi e rezar para que Karl estivesse lá e não tivesse aprontado alguma coisa durante aquela hora em que o deixara escapar.

Foi por puro acaso que, caminhando, deu uma olhada em algumas das vitrines que se abriam para a rua. E parou. Um menino loiro e gorducho olhava estantes cheias de livros. Karl.

Sofia ficou petrificada. Alguém lá em cima a amava.

Queria entrar sem ser notada, mas, assim que abriu a porta, uma campainha tocou, e todos os clientes se viraram. Inclusive Karl. Foi a primeira vez que se olharam. Os olhos azuis daquele garoto nos seus. E o sinal na testa. O sinal que todos os Draconianos tinham, que os distinguia dos outros. O Olho da Mente.

## A Garota Dragão

Sofia baixou o olhar imediatamente, foi em direção a uma prateleira e agarrou o primeiro livro que encontrou na frente. Era um volume gigantesco com capa amarela e preta e a imagem de um smile com um esguicho de sangue na testa. Quando o abriu, percebeu que não estava em uma livraria. Uma loja de gibis, isso é o que era. Olhou ao redor e viu revistinhas e graphic novels a perder de vista.

Nunca tinha tido uma verdadeira paixão pelo gênero. Lia com frequência *Mickey*, que a divertia muito, e começara a acompanhar o mangá das *Mermaid Melody*, mas de resto o mundo dos quadrinhos era completamente desconhecido para ela.

Era provável que estivesse na seção de comics americanos, porque, entre os sujeitos de meias-calças de vários tipos, identificou o que devia ser um Homem-Aranha e um inconfundível Super-Homem. Não fazia ideia, porém, sobre o que era o livrão que tinha na mão, de longe o maior e mais pesado da prateleira.

"Obviamente, escolhi justamente o mais chamativo..."

Fingiu mergulhar na leitura, mas sobretudo tentava manter Karl sob controle. Ele, por sua vez, estava completamente absorvido por dois volumes que saboreava em pé diante de uma prateleira. Debaixo do braço já carregava mais dois. Sofia espiou seus movimentos por toda a loja, desde que pegou os livros ilustrados na prateleira até sua peregrinação

## Na cola de Karl

por uma vitrine cheia de bonequinhos que reproduziam a fisionomia de vários super-heróis. Ela o viu suspirar diante de um Batman que de fato era mesmo bem-feito. Por acaso viu que havia também três reproduções das *Mermaid Melody* realmente esplêndidas. Ficou encantada ao olhá-las por alguns segundos: não brincava mais com bonecas havia algum tempo, mas aquelas eram de um nível completamente diferente, verdadeiras esculturas. Pensou em como ficariam bem em seu quarto, ao lado de algumas estatuazinhas de dragão.

Foi então que sentiu alguém repreendê-la. Sobressaltou-se, e o livro caiu de sua mão, acabando no chão com um barulhão que fez metade da loja de gibis se virar.

– Droga! – exclamou, inclinando-se imediatamente para pegá-lo.

Karl infelizmente teve a mesma ideia, e se trombaram a vinte centímetros do solo.

– Meu Deus, me desculpe, eu... – gaguejou Sofia, massageando a testa.

Karl balançou um pouco, quase como se a barriga redonda o tivesse feito perder o equilíbrio. Depois pareceu reencontrar o centro de gravidade.

– Não faz mal, não faz mal.

Sofia espantou-se que ele falasse italiano. Então lhe voltou à mente a história do sujeito que matava o avô.

"Eu não deveria falar com ele! Deveria segui-lo sem ser notada!"

Sabe-se lá o que estava mudando do futuro com seu descuido.

– Mas – Karl voltou a falar – você tem bom gosto! Bom, *Watchmen*.

Sofia não entendeu do que ele estava falando e limitou-se a sorrir.

– Sim, sim, ótimo. – Depois se fechou em um silêncio ostentado, enfiando o nariz na história em quadrinhos de novo. Karl permaneceu imóvel diante dela por alguns segundos, então deu de ombros e foi em direção à caixa. Sofia viu-o empenhado em uma discussão apaixonante com o dono da loja, depois pagou e saiu.

Ela fechou o livro de repente e suspirou. Tinha aprontado um desastre, mas tudo parecia ter se resolvido. Agora devia segui-lo com discrição.

Devolveu o volume à prateleira, ignorou o lojista que tentava lhe dizer algo e saiu à rua.

Nunca havia seguido ninguém. Isso era uma coisa mais típica de Sujeitados do que de Draconianos. Não tinha ideia de como fazer exatamente, por isso procurou se manter a distância, afundou a cara na gola do sobretudo e assumiu um ar conspiratório, que certamente não era o melhor para passar sem ser notada.

Foi uma tarde improdutiva. Karl parou em uma confeitaria, tomou um superchocolate quente e comeu uma fatia de torta como Sofia nunca tinha visto: branca e vermelha, altíssima, recheada com uma gelatina rosada muito convidativa sobre a qual se apoiava, voluptuoso, um morangão extragrande. Ela também entrou e pediu um chá, que bebeu sentada a uma mesa afastada. Quando viu Karl mergulhado na leitura, teve esperança de ter chegado a um ponto decisivo, mas percebeu que se tratava apenas de um dos gibis que ele havia comprado.

A etapa seguinte foi a casa de Effi. Obviamente, Sofia não podia entrar, mas a mulher lhe deixara escrito que em frente ao apartamento deles havia outro, desocupado e abandonado, do qual se viam perfeitamente três janelas da casa de Karl, entre as quais a da sala e de seu quarto. Ela até lhe dera um binóculo.

Entrar no pequeno prédio não foi difícil: era uma habitação com balaustrada quase em ruínas, em que as portas dos apartamentos davam para uma comprida varanda interna. Mais problemático foi entrar sorrateiramente no apartamento que lhe interessava: a porta estava bloqueada por uma grande tábua de madeira e dava a impressão de estar fechada havia muito tempo. Sofia semicerrou um pouco os olhos, e o sinal em sua testa se acendeu de reflexos verdes. De seus dedos, brotou um raminho verde flexível, que se introduziu debaixo da madeira, arrancando os pregos, e depois na fechadura, abrindo-a: uma brincadeira que lhe custara muito treinamento, sempre que podia, mas que agora conseguia com grande facilidade. A porta abriu-se, rangendo para dois cômodos cheios de pó e teias de aranha. Era difícil até distinguir a cor original do carpete. Sofia espirrou um monte de vezes. A janela também estava embaçada pela poeira, e teve que passar nela um pano que encontrou em um canto. Limpou um círculo que lhe permitisse olhar em direção à casa de Effi.

Logo identificou Karl. Estava sentado em frente à escrivaninha de seu quarto, em cima da qual apoiara um computador prateado, e parecia muito ocupado. Sofia pegou o binóculo do bolso e tentou identificar o que ele estava lendo, sem conseguir.

A tarde foi embora assim, em um tédio mortal. Karl ficou ao computador o tempo todo; depois, quando terminou, passou aos videogames. Passou pelo menos uma hora diante da televisão massacrando o joystick do console, presumivelmente empenhado em atingir monstros ou troços desse tipo: Karl era um daqueles maníacos por quadrinhos, videogame e monstros variados que passavam suas vidas imersos em mundos imaginários, tendo como única companhia os próprios sonhos. Um julgamento um pouco superficial, talvez, principalmente considerando que sua vida também não era muito diferente, no fim das contas: se Karl se perdia no videogame e nos quadrinhos, Sofia fazia o mesmo em seus amados livros de aventura. E na missão, obviamente. Dracônia e os frutos, coisas que para uma pessoa normal deviam parecer não menos sem fundamento que ogros e elfos, preenchiam completamente sua existência.

"Cada um tem suas obsessões", concluiu. Começava a achar simpático aquele menino gorducho.

Effi chegou pouco antes do jantar, trazendo para ele diversas sacolas e latinhas. Comida chinesa, descobriu Sofia pouco depois. Sentia-se grata porque em muitas casas alemãs não havia nem cortinas nem venezianas: em Roma nunca conseguiria espionar alguém com tanta facilidade, ainda que mesmo assim não estivesse fazendo progressos.

Naquele momento, achou que era hora de usar outro pequeno truque que aprendera nos meses de treinamento. Evocou Thuban e se concentrou ao máximo. Quando abriu os olhos, conseguia sentir cada ruído proveniente da casa de Effi e Karl.

Havia descoberto esse poder por acaso, enquanto se exercitava: concentrando-se e evocando o dragão que vivia nela, experimentara os sentidos se aguçando. De modo particular, o mundo se enchera de barulhos, dos rangidos dos móveis em volta dela até a voz do professor, que estava em outro cômodo. E, assim, entendera: Thuban era capaz de lhe proporcionar uma audição especialmente afiada. Tentara fazer a mesma brincadeira com a visão também, mas ainda não dominava muito bem, por isso havia decidido usar o binóculo naquela noite.

O problema era que não entendia uma palavra de alemão, e o que Effi e Karl diziam um ao outro acabava sendo incompreensível para ela. Não importava. Pegou do bolso uma espécie de bolinha transparente: apertou-a nos dedos, e ela se iluminou de verde. Era um artefato produzido pelo professor quando voltou de Benevento, capaz de gravar tudo o que Sofia escutava: uma ótima maneira de memorizar as conversas que eles tinham naquela casa e fazer com que Effi ouvisse depois.

Na verdade, naquela noite não seria necessário: para Sofia não interessava tanto o que Karl e Effi diziam um ao outro, mas, em vez disso, o que Karl dizia quando não estava com a mãe adotiva. Provavelmente fora em uma dessas ocasiões que havia descoberto algo que mais tarde o levara ao fruto, e em seguida ao encontro mortal com Nida.

De todo modo, tratava-se de um bom treinamento e de um teste: nunca tinha testado o funcionamento daquele aparelho. Por isso aturou uma noite inteira de conversas incompreensíveis em alemão, sem sequer a possibilidade de se distrair: a bolinha gravava apenas o que quem a possuía escutava. Se tivesse parado de prestar atenção, teria perdido alguns trechos. Manteve-se acordada com beliscões e um sanduíche que providencialmente tinha comprado em Englischer Garten. Dentro havia uma salada crocante e uma espécie de mortadela recheada com picles e pimentões: muito saborosa, principalmente se acompanhada por aquele ótimo pão integral com sementes de girassol.

Finalmente, por volta das dez, as luzes se apagaram. Karl permaneceu acordado um pouco para ler, deitado na cama. *Der Herr der Ringe*, Sofia conseguiu ler na capa, aguçando sua vista de dragão. A simpatia por ele cresceu: ela tinha lido *O Senhor dos Anéis* no ano anterior e havia adorado.

Meia hora depois pôde enfim terminar seu turno, exausta e um pouco desanimada. Não houvera nada de interessante naquela primeira espionagem. Seria sempre assim? E, além do mais, essa história de ter que escutar conversas das quais não entendia coisa alguma a deprimia. Dirigiu-se, um pouco triste, ao metrô, para ir até a casa que o professor lhe indicara no mapa.

# 9
# Nida em Munique

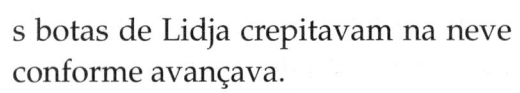

As botas de Lidja crepitavam na neve conforme avançava.

Durante toda a manhã havia percorrido os vários hotéis nos arredores da Residenz, mostrando o retrato de Nida aos passantes que lhe pareciam mais confiáveis. Lidja se virara com seu ótimo inglês, amadurecido durante as viagens feitas com o circo, mas ninguém tinha visto Nida. Talvez supor que dormisse em um hotel como os mortais comuns havia sido uma ingenuidade. No fim das contas, o que ela sabia sobre como aquela criatura passava sua vida, se precisava comer ou dormir? Não era humana, enfim.

A tarde já estava no fim quando percebeu que sentia fome. Comprou um sanduíche em um quiosque perto do metrô e sentou-se para comê-lo em um banco, lendo um guia de Munique que pegara emprestado com Effi. A essa altura tinha perdido a esperança de encontrar Nida, portanto era melhor descansar um pouco antes de retomar o caminho de casa. Aos poucos, o muro de nuvens que tornava o céu branco deslavado abrira-se em fendas de um azul esplêndido. O ar parecia ter esquentado levemente: Lidja sentiu-se renascer e fechou os olhos, aproveitando aquele momento de tranquilidade.

Deve ter cochilado, porque, quando os abriu de novo, a luz havia diminuído, e o ar se tornara mais frio. Aconchegando-se no sobretudo, levantou-se para ir embora. Foi então que a viu.

Reconheceu-a de longe, no meio dos visitantes que saíam do palácio real, perto da hora de fechamento. Seu andar atlético, seu cabelo loiro estilo Joãozinho. O que tinha ido fazer na Residenz? O que estava procurando?

Lidja sentiu uma onda de raiva inflamar seu rosto. Não conseguia esquecer o modo como a havia sujeitado e obrigado a combater contra Sofia... Embora soubesse perfeitamente que não estava em si quando fizera isso e tivesse consciência de que naquele momento não poderia ter feito nada para evitá-lo, sentia-se igualmente culpada, e a ideia de lutar contra sua única amiga ainda a tirava do sério.

Cerrou os punhos até os nós dos dedos ficarem brancos, mas conseguiu se segurar apesar do desejo ardente de pular no pescoço dela.

Começou a segui-la, tomando cuidado para não ser vista, através de um labirinto de ruas desconhecidas. Nida andava sem pressa, aparentemente despreocupada com o que acontecia ao seu redor. Mas Lidja percebeu que, em vez disso, estava atentíssima. O modo como movia o olhar de um lado a outro, a tensão que lia em seu corpo magro e atlético eram sinais muito claros.

Seguiu-a por pelo menos duas horas. Nesse período, escureceu, e a cidade começou a se esvaziar.

De repente Lidja olhou o céu e apressou o passo, como se subitamente houvesse lembrado que tinha um compromisso. Talvez o momento crucial tivesse chegado, enfim.

Os lampiões, pendurados em fios esticados de um pequeno prédio ao outro, lançavam luzes fracas nas calçadas. No alto brilhava uma lua perfeita, cheia e limpidíssima.

Nida parou. Olhou em volta com ar cauteloso, então deu um salto e foi para o céu.

"Maldição!", pensou Lidja. Se ela começasse a voar, não teria escolha a não ser imitá-la, mas isso significava que estariam mais visíveis e mais fáceis de serem identificadas.

Fechou os olhos por um instante, e quando os abriu as íris estavam amarelas e as pupilas, aumentadas. O mundo mudou: com os olhos de Rastaban, via como se fosse dia, e a lua parecia brilhante como o sol, embora tudo estivesse iluminado por uma luz fraca que tornava o ambiente cinza. Nida era um pontinho que voava a centenas de metros dela. Nes-

## Nida em Munique

se momento bastou evocar as asas, que apareceram diáfanas e rosadas em suas costas.

Não tiveram que voar por muito tempo. Logo as luzes da cidade embaixo delas se apagaram para dar lugar a uma escuridão densa, manchada aqui e ali pela tênue cintilação dos lampiões.

Enfim se aproximaram de uma grande extensão arborizada, percorrida por uma faixa de prata que se desenrolava como uma serpente comprida, gorgolejando baixinho: era um riacho.

Aquele lugar só podia ser o Englischer Garten, o vasto parque da cidade.

Aos poucos, as árvores começaram a rarear para dar lugar a amplas planícies cobertas de neve.

Lidja estava quase se distraindo, capturada pelo encanto daquele lugar, quando viu Nida descer a pique.

Seguiu-a a distância, depois aterrissou sobre as botas de pele, que afundaram com um barulho amortecido na neve intacta. A meta de Nida era um morrinho, em cima do qual se avistava o que parecia uma espécie de pequeno templo circular. O telhado era uma meia cúpula, e as colunas, altíssimas, terminavam em capitéis coríntios. Era o Monopteros, Lidja havia lido sobre ele no guia.

Não havia ninguém, e o silêncio era completo. Aquele local, que devia ser maravilhoso de dia, agora trazia algo de macabro e inquietante. Ou talvez fosse a presença de Nida que o tornava assim.

Sua silhueta, preta contra o céu iluminado pela lua, destacava-se magra sob o templo. Parecia esperar alguém.

Lidja escondeu-se em uma cerca viva. Sentia arrepios, mas não saberia dizer se de medo ou de frio.

Por um breve tempo nada aconteceu. Nida estava imóvel, e também o ar gélido em volta dela. Então, uma sombra apontou das árvores e se solidificou em uma silhueta que se movia rastejando em direção ao pequeno templo. Lidja sentiu um peso no estômago. Era uma figura de manto, que subiu rapidamente os degraus para se ajoelhar diante de Nida.

– Aí está você, finalmente! – Nida falava em inglês, em um inglês perfeito. – Eu achava que o encontro estivesse marcado para quinze minutos atrás.

– Perdão, minha senhora – respondeu a figura de manto. Sua voz era rouca, indefinível, e Lidja não conseguiu sequer entender se era um homem ou uma mulher.

– E aí?

– A busca continua, minha senhora, mas sem muitos resultados. Estou fazendo meu trabalho, e espero que logo alcancemos nosso objetivo. Sabemos que o fruto se encontra aqui em Munique. O lugar de onde começará a busca é a Residenz. Talvez o Draconiano vá lá amanhã.

Nida inclinou-se e segurou o rosto velado pelo capuz. Lidja ouviu um gemido.

– Talvez? Você sabe que preciso de dados concretos, não é? Sabe que tenho que detê-lo antes que tenha o fruto em mãos, certo?

– Sim, minha senhora. – A voz agora saía sufocada.

– Desejo, pelo seu bem, que você esteja desempenhando com cuidado a tarefa que lhe foi confiada – disse Nida, largando de repente o rosto da figura encapuzada. – Não preciso apenas saber onde está o fruto. Também devo ter o Draconiano, ou a missão não estará completa. Que isso esteja claro para você.

– Não duvide disso, minha senhora.

Um Sujeitado. Não podia ser outra coisa. E parecia saber muito, até demais sobre Karl e Effi. Lidja tinha que descobrir quem era. Estava prestes a ir em frente quando ouviu uma imprecação atrás dela:

– O que diabos você está fazendo aqui?

# 10
# No parque à noite

Lidja virou-se de repente, a mão direita já transformada em garra. Parou bem a tempo, e o que viu a deixou atônita.

– O que *você* está fazendo aqui, melhor dizendo? – disse com um fio de voz. – Você não tinha ido cuidar da sua vida?

Fabio estava a sua frente, apertado em um sobretudo preto com a gola levantada e um ar conspiratório. Limitou-se a lhe indicar algo atrás dela, e Lidja se voltou.

No templo, agora, havia apenas a silhueta de Nida: a figura misteriosa havia desaparecido. Lidja arreganhou os dentes e virou-se de novo para Fabio.

– Você é um idiota ou o quê? Passei o dia inteiro seguindo aquela desgraçada, e agora que finalmente estava acontecendo alguma coisa, agora que eu estava prestes a descobrir quem era aquele sujeito de manto, você chega e estraga tudo!

# No parque à noite

Fabio tapou a boca dela com a mão, e ela começou a resmungar.

– Fique quieta e olhe, ou é você que vai estragar tudo – disse ele secamente, rodando sua cabeça na direção oposta. Outra pessoa estava se aproximando do templo. Seu andar era atlético, seguro, sua figura era alta e esguia. Parou um instante com o pé no primeiro degrau e virou a cabeça para observar o entorno, como se estivesse avaliando a situação. Fabio pressionou com mais força a mão sobre a boca de Lidja, e ele mesmo prendeu a respiração.

– Há alguma coisa estranha – disse Ratatoskr.

– Com quem você acha que está lidando? Não há ninguém aqui – respondeu Lidja dando de ombros. – Eu verifiquei.

Ratatoskr olhou-a, desconfiado.

– É mesmo? Então por que eu sinto uma presença?

Lidja, escondida atrás do arbusto, olhou seu braço com olhos arregalados: havia evocado Rastaban sem sequer perceber, e seu braço ainda era uma garra de dragão. Apressou-se para fazê-lo voltar ao normal, mas no mesmo instante Ratatoskr virou a cabeça na direção dela, alerta.

– Há alguém aqui – disse com mais segurança e andou sem hesitar em direção ao arbusto.

– Idiota desgraçada! – imprecou Fabio, pegando Lidja pelo pulso. Os dois rastejaram pela terra, tentando fazer o menor barulho possível, mas Ratatoskr parecia farejar o ar, implacável como um predador.

## A Garota Dragão

O primeiro relâmpago preto se abateu diante deles, consumindo o arbusto em uma fogueira que não emitia nenhuma luz. Lidja e Fabio ficaram de pé em um pulo, tentando se esquivar das chamas que já lambiam suas roupas. Foram obrigados a tirar os sobretudos, e o frio do ar prendeu o fôlego deles na garganta.

– Fuja! – berrou Fabio, mas Lidja já estava escapando em sua dianteira.

Ratatoskr soltou um rugido capaz de arrepiar a pele, então deu um salto e se jogou atrás deles.

Sem nenhuma dificuldade, conseguiu agarrar Fabio pela cintura e jogá-lo na neve gélida, onde o rodou como um boneco e prendeu sua respiração, sentando-se em seu peito. Fabio imediatamente notou que a aparência dele estava diferente da de costume. Muito de sua verdadeira natureza estava vindo à tona: a boca era uma arcada de presas finas e afiadas, e os olhos eram os de uma serpente. Sua pele deixava entrever fendas cobertas por escamas, e as unhas das mãos haviam se alongado para formar garras letais. Mas as escamas pareciam ter algo que não funcionava: em alguns pontos pareciam queimadas, e em outros mostravam feridas mal cicatrizadas.

"Não está na plenitude de suas forças, posso conseguir", pensou Fabio, percebendo os passos rápidos de Nida perto da cabeça. Estava partindo para o ataque contra Lidja, mas ele agora não podia fazer nada por ela: devia se concentrar no seu combate e

## No parque à noite

deixar que a Draconiana enfrentasse o próprio. Os dois tinham uma vingança a realizar e deviam fazer isso sozinhos.

O inimigo levantou as garras, pronto para dilacerar seu peito. Bastou Fabio arregalar um pouco os olhos: seu corpo incendiou-se em uma grande chama vermelha que grudou de imediato na roupa de Ratatoskr, obrigando-o a rolar na neve. Fabio aproveitou para ficar de pé. Asas de chamas brotaram de suas costas, vaporizando no mesmo instante a neve ao redor dele, que se ergueu em uma densa cortina de fumaça. As mãos se transformaram em garras, e então ele saltou para a frente antes que o adversário se levantasse.

Talvez não fosse o momento certo. Ainda não havia entendido o que Ratatoskr tinha ido fazer na Alemanha e por que se encontrara com Nida. A conversa entre ele e Nidhoggr que escutara naquela noite em Roma ainda não fazia sentido. Mas tudo isso passara para o segundo plano. Finalmente tinha a chance de derrotá-lo e não a deixaria escapar.

A raiva acendeu suas garras de chamas vermelho-sangue, que se enrolavam em espirais furiosas enquanto atacava ferozmente o inimigo, dilacerando e queimando. Ratatoskr parecia completamente impotente sob seus golpes, dos quais procurava se proteger da melhor forma possível. Fabio sentiu uma exultação íntima e se encarniçou com mais ardor ainda, tentando concluir rapidamente a luta.

Então, um grito.

Virou-se por uma fração de segundo, mas foi suficiente. Ratatoskr tirou-o de cima dele com violência, fazendo-o bater contra uma grande pedra. Fabio rolou na neve por muitos metros. Voltou-se para a origem do berro: Lidja estava suspensa no ar, envolta em um casulo de chamas negras.

"Maldição..."

Tentou se levantar, mas Ratatoskr já estava pronto para atacá-lo de novo. Conseguiu se defender com as garras e mirou um golpe no rosto do adversário, causando nele cortes profundos que começaram a pingar um sangue preto e viscoso. Assim teve tempo para se pôr de pé novamente e continuar evocando as chamas, que arremessou profusamente na direção de Nida. Ela foi pega de surpresa, e isso bastou para interromper seu ataque contra Lidja. A gaiola de relâmpagos negros que a aprisionara desapareceu, e a garota caiu no chão. Fabio golpeou Nida de novo, provocando nela um grande corte nas costas, e então correu até Lidja.

– Vamos, só nos resta fugir – sussurrou. Tinha perdido a chance, e isso o deixava furioso. Se aquela idiota tivesse sido capaz de cuidar de si mesma e enfrentar sozinha a adversária, ele poderia ter acertado as contas com Ratatoskr. Mas assim era impossível.

Lidja levantou-se devagar, sacudindo a cabeça.

– Mexa-se! – pressionou-a, antes que uma pancada nas costas o derrubasse. Ratatoskr.

# No parque à noite

Mas não havia tempo para ceder à dor: cerrou os dentes e pôs-se de pé, segurando Lidja pelos quadris.

– Vamos! – rosnou, evocando as asas de Eltanin, que surgiram feito mágica de suas costas. Lidja, com dificuldade, fez o mesmo, e juntos levantaram voo.

Nida e Ratatoskr, porém, não pareciam ter a intenção de desistir. Com um salto estavam no céu e se jogaram contra eles, atirando uma rajada de relâmpagos negros. Tomando cuidado para não perder altura, Fabio se virava para rebater com as próprias chamas, mas sem sucesso.

– Espere – disse Lidja, ofegante. – Você vai na frente.

– Em que diabos você está pensando?

– Nos vemos na Torre Chinesa! Vá para lá e me espere!

Ela tinha um olhar de quem sabia exatamente o que fazer. Fabio olhou-a uma última vez e depois foi em direção ao lugar combinado.

Nida e Ratatoskr se aproximavam de Lidja cada vez mais rápido.

Ela fechou os olhos, respirou fundo, e o sinal em sua testa brilhou, iluminando a escuridão. Quatro árvores, no solo, começaram a se balançar como se estivessem sob as rajadas de um vento impiedoso. Lidja sentia que o inimigo se aproximava, mas não permitiu que o medo a apressasse e estragasse tudo. Levantou as mãos devagar, e também devagar as árvores começaram a se suspender, deslocando grandes leivas de terra, conforme as raízes eram arrancadas. Quando estavam no ar, Lidja arregalou os olhos e finalmente lançou as árvores contra os adversários. Nida e Ratatoskr foram literalmente varridos para longe e arremessados ao chão, debaixo dos troncos, muitos metros adiante. Lidja não ficou curtindo o espetáculo e escapou, voando à máxima velocidade que as feridas lhe permitiam. Agora não havia mais nada que pudesse fazer.

Encontrou Fabio sentado em um dos bancos ao redor da Chinesischer Turm, o grande templo do Englischer Garten. Arfava e não parecia completamente lúcido. De resto, nem ela estava lá muito bem. Não lembrava que Nida era tão forte. A vilã precisara de tão pouco para prendê-la na gaiola de relâmpagos negros que, só de pensar nisso de novo, a raiva a invadia. Levando em conta o sucesso do embate, tinha ido bem até demais. Perdera o sobretudo, morria de frio e estava cheia de arranhões, mas pelo menos estava viva.

– Tudo bem? – perguntou, aproximando-se.

Fabio concordou. Mesmo sob a tênue claridade da lua, via-se que seu rosto estava muito pálido.

– Tem certeza? Você me parece um pouco cansado – insistiu Lidja, inclinando-se sobre ele.

O garoto a deteve.

– Quem era aquela loira? Uma amiga de Ratatoskr? – perguntou.

## No parque à noite

Lidja sentiu um rugido horripilante a distância.
– Não temos tempo para explicações, temos que ir embora. Podemos voar enquanto estivermos no parque, depois pegamos o metrô. Acha que consegue?
– Estou muito bem – respondeu ele levantando-se, mas cambaleou, e ela teve que segurá-lo. Assim que colocou a mão em suas costas, Fabio gritou. Lidja deu uma olhada: tinha uma grande queimadura que ocupava as duas escápulas. Um machucado horrível.
– Fabio, mas...
– Sem conversa, eu consigo. Vamos – cortou ele.
Levantaram voo com dificuldade e se dirigiram à base.

– Parabéns! Você deixou que o seguissem – disse Nida com raiva. Precisaram de algum tempo para reemergirem daquela confusão de madeira e ramos que os atropelara, mas no fim os dois conseguiram ficar de pé novamente. Aquela garotinha não era especialmente forte, pensou Nida, mas costumava ser capaz de se safar das situações difíceis com soluções imprevisíveis. Ela se lembrava bem daquela Draconiana.
Ratatoskr virou-se de repente.
– Olhe quem está falando! Eles eram dois, e você nem tinha percebido a presença deles.
Estavam percorrendo o parque, mas sem nenhum resultado. Não havia mais rastros dos dois Draconianos. Havia se passado tempo demais, e com certeza tinham conseguido escapar.

Ratatoskr chutou a neve no chão, erguendo uma nuvem cândida que a lua iluminou de reflexos prateados.

– Maldição! Nosso Senhor não ficará contente.
– Não sabemos. O infiltrado me deu informações interessantes, e de todo modo esse encontro imprevisto nos diz muitas coisas...

Nida sorria, e isso irritou Ratatoskr.

– Não temos nenhum motivo para sorrir.
– Você acha? Graças a esse inconveniente, sabemos que os Draconianos no rastro do fruto são três. E o infiltrado não sabia nada a respeito, porque não me disse...

Ratatoskr pareceu não entender.

– Não estou gostando nem um pouco dessa história. Temo que devamos intervir. Talvez estejam conspirando algo que nem imaginamos, algo que poderia mandar nossos planos pelos ares.

Ratatoskr cerrou os punhos. Nida estava certa, mas não gostava de admitir.

– O que você sugere?
– Irmos diretamente à raiz do problema. Nosso Senhor ficará muito satisfeito, você vai ver.

O coração de Sofia quase parou.

No retângulo de luz que escapou da sala quando abriu a porta, viu Lidja reduzida a um trapo. Mas, principalmente, viu Fabio.

# No parque à noite

Não conseguia acreditar que realmente estivesse ali, na frente dela.

– Olhe quem apareceu... – disse ele, sorrindo suavemente.

– Não fique aí embasbacada, Sofia! Vá chamar o professor, tenho a impressão de que a situação é séria – exortou-a Lidja.

Sofia sobressaltou-se: notou que Fabio se apoiava no ombro da amiga para se manter de pé e tinha o rosto cinzento.

– Sim, sim, agora mesmo.

Correu para a porta do quarto onde dormia o professor, enchendo-a de socos e chamando-o aos gritos. Ouviu Fabio reclamar atrás dela, dizer que estava tudo certo, que estava bem.

Schlafen abriu sonolento.

– O que... – mas nem teve que terminar a pergunta. Afastou Sofia e correu em direção a Fabio.

Felizmente o professor havia trazido com ele na viagem um bom estoque de filtros. Abriu uma mala de couro pesada e de estilo antiquado, fechada por correias protegidas por grossas tachas de metal, e saíram dela todas as espécies de alambiques, frascos e outros acessórios de alquimista. Distinguiu os recipientes até encontrar o que servia para eles. Enquanto isso, Fabio gemia no sofá, tomado pela febre.

Sofia roía as unhas até o osso ao observá-lo. Havia desejado tão ardentemente poder vê-lo de novo, e agora ele estava diante dela meio morto no sofá de casa, no meio da madrugada.

– O que aconteceu? – perguntou a Lidja.

– Nida e Ratatoskr. Eu segui Nida até o Englischer Garten, e lá o encontrei. Fomos um pouco desajeitados, e o inimigo nos descobriu. Fugimos às pressas, mas não o suficiente, é evidente.

Sofia levantou-se e foi ao encontro do professor, que havia começado a aplicar um unguento nas costas martirizadas de Fabio. As feridas haviam sido desferidas pelas terríveis chamas negras das emanações de Nidhoggr. Ele as conhecia bem.

– Como ele está? – murmurou.

O professor virou-se e lhe sorriu.

– Bem. As queimaduras impressionam, e tenho certeza de que também doem muito, mas podia ser pior. Você vai ver que amanhã ele estará melhor.

– Eu empresto minha cama para ele! – disse Sofia num impulso. – Não podemos deixá-lo no sofá.

– Você está me pedindo para dormir com ele?! – exclamou Lidja incrédula.

– É um Draconiano como nós! E não vê que está mal?

– Ah, sim, como nós... tanto é que nos largou assim que recuperamos o fruto. O amor realmente deixou você cega, Sofia.

– Como você consegue dizer uma coisa dessas?

– Parem com isso! – interveio o professor. – No quarto de Effi há uma segunda cama. É um problema para você dormir com ele? – acrescentou, falando com a mulher.

Ela balançou a cabeça.

– É um Draconiano – disse.

Lidja bufou, aliviada.

– Perfeito, estamos resolvidos. E agora para a cama. Fabio não está em condições de falar, tem que descansar. Para dizer a verdade, nós também tivemos um dia pesado. Lidja, deixe que eu medique seus machucados também, e depois todos vamos dormir. Falaremos disso amanhã.

Foi Sofia que colocou Fabio na cama, com a ajuda de Effi. Da última vez que tinham se visto, era ela que estava ferida, e coubera a Fabio cuidar de seus machucados. Agora estava tudo invertido. Ficou olhando-o no escuro por alguns instantes, com uma mistura de preocupação e sentimento de culpa. Se o tivessem procurado, se pelo menos tivessem tentado fazê-lo entrar no grupo...

Então Effi apoiou a mão no ombro dela de um jeito maternal.

– Vai ficar tudo bem. Georg é muito bom para curar. Ele curou você.

Sofia lhe sorriu, cansada. Relevou aquele "Georg" que continuava a irritá-la: gostou da tentativa de animá-la.

– Posso ficar aqui um pouco? – perguntou corando.

– Mas é claro!

Effi foi para a cama, e Sofia sentou-se em uma cadeira ao lado da cama de Fabio. Aos poucos seu rosto voltava à cor normal. Permaneceu assim, olhando-o e torcendo, prometendo a si mesma que agora que o reencontrara nunca mais o deixaria ir embora.

# 11
# O rumo dos acontecimentos

Sofia acordou com o toque de alguém em seu ombro. Sobressaltou-se e ficou ainda mais espantada quando viu que esse alguém era Fabio. Ela ficara naquela cadeira, no quarto de Effi, a madrugada toda. Corou violentamente.

Ele ainda estava vestido como na noite anterior e tinha os cabelos castanhos desgrenhados, mas estava menos pálido e parecia muito melhor do que quando fora dormir.

– Tem alguma coisa para comer? Estou com um buraco no estômago de dar medo – disse o garoto.

Sofia pulou de pronto da cadeira.

Apertados ao redor da mesa da sala, tomaram café da manhã todos juntos. Fabio devorou os croissants doces e os biscoitos como alguém que não comia há dias. Decididamente suas forças haviam voltado. Sofia olhava-o encantada. Nem em seus sonhos mais otimistas teria imaginado vê-lo ali, na sala da casa bávara.

Em compensação, Lidja estava muito mais cínica.

– Cuidado para não acabar com os biscoitos – disse, colocando a mão na caixa já semivazia.

– Ora, Lidja, ele é um hóspede, de todo modo... – protestou Sofia.

O professor olhou as duas, dando risadinhas por trás de seus pequenos óculos dourados.

Quando todos estavam revigorados, chegou o momento das explicações.

Lidja contou sobre o encontro no parque. Obviamente botou toda a culpa do fracasso em Fabio.

– Escute, se você não tivesse se virado com aquela garra à mostra...

– E se você não tivesse aparecido de repente na minha frente me assustando...

– Acalmem-se – ordenou o professor Schlafen. – Não faz sentido brigar. Vocês foram descobertos, tiveram que lutar, mas graças a Deus não aconteceu nada de grave. Eu diria que essa é a única coisa importante. E agora temos uma informação fundamental: Ratatoskr também está em Munique.

Então se virou para Effi e lhe perguntou se conhecia a segunda emanação de Nidhoggr, dando-lhe uma descrição resumida dele.

Os olhos da mulher se escureceram, e ela fez sinal que não.

## O rumo dos acontecimentos

– Sempre vimos só a menina... Nida, certo? – O professor concordou. – Nunca lidamos com outra pessoa.

Schlafen acariciou a barba, ajeitando nervosamente os óculos. Estava preocupado.

– As coisas já estão começando a mudar – observou. – Depois desse embate, Nida e Ratatoskr descobriram nossa presença.

Fabio analisou os rostos tensos.

– Se alguém se desse ao trabalho de me explicar também... – disse, perplexo e um pouco chocado.

Foi Effi quem assumiu a tarefa e, depois de se apresentar, contou a história toda desde o início.

– Mas isso é coisa de ficção científica... – comentou o garoto no fim, coçando a cabeça. – Ninguém pode viajar no tempo.

– Eu lhe garanto, porém, que é possível – disse Lidja com ar de superioridade. – E, aliás, é fácil provar: se hoje você seguir Sofia em sua missão, vai ver que nessa cidade circulam duas Effi, neste momento. Como você explicaria isso de outra forma?

Fabio ignorou a provocação.

– Então vamos ver se eu entendi: vocês voltaram no tempo usando a clepsidra feita com madeira da Árvore do Mundo, com o objetivo de salvar esse menino, Karl, da morte certa. Mas não sabem exatamente como aconteceram as coisas no passado, e portanto estão agindo às cegas.

O professor pareceu vagamente constrangido.

– Bem... sim. De certa forma, é isso. Estamos investigando para tentar entender quando os acontecimentos começaram a dar errado. O objetivo primário é salvar Karl: sem ele, não temos nenhuma esperança de derrotar Nidhoggr.

– Devemos combater todos juntos, inclusive você – observou Sofia.

– Nunca vai dar certo – cortou Fabio.

– Mas o que fazemos com esse maldito derrotista? Até agora funcionamos mais que bem sozinhos, que ele volte a caçar Ratatoskr ou se dedicar aos próprios problemas – explodiu Lidja com um gesto de irritação.

– Escute, se todos os filmes de ficção científica que vi na vida tiverem fundamento, o fato de que vocês voltaram no tempo já mudou as coisas. E não há jeito de saber como. Nosso embate de ontem à noite sabe-se lá o que mais mudou. É totalmente imprevisível! Não se pode agir com a esperança de colocar as coisas no lugar se até mexer um dedo, ou ficar aqui sentado conversando, pode mudar a história!

– Mudam as pequenas coisas, mas as grandes são mais difíceis de modificar – Effi tentou explicar.

– De qualquer maneira, agora você sabe qual é a nossa situação. O que nos diz sobre você? – interveio o professor.

Fabio tornou-se evasivo de repente.

– Depois que... nos vimos – disse, dando uma olhada fugaz para Sofia –, eu meio que retomei meu

# O rumo dos acontecimentos

caminho. Não que estivesse muito claro para mim o que fazer.

– Pois é, obviamente não tínhamos explicado a você qual é a tarefa dos Draconianos – observou Lidja.

– Vai me deixar falar ou tem que se meter a cada palavra minha? – explodiu Fabio, exaltado. E se convenceu de que deveria confessar sua decisão de se vingar de Ratatoskr.

Era claro que não falava daquilo com prazer: se envergonhava um pouco. Sofia achou adorável o leve rubor que se espalhava nas bochechas dele enquanto explicava a própria missão.

Fabio contou que o seguiu por algum tempo e finalmente o surpreendeu com Nidhoggr em Roma.

– Eu poderia tê-lo atacado – disse, endireitando-se e adquirindo um pouco mais de segurança –, mas o que disseram um ao outro me deixou alarmado. Era evidente que aquele sujeito tinha uma tarefa bem específica, que eu não entendia. Que objeto Nidhoggr lhe entregou? Achei que devia descobrir, antes de acertar as contas com ele. Por... vocês – acrescentou em voz baixa, quase com pudor.

Sofia sentiu-se derreter. Então ele pensava neles. Não era o egoísta sem coração que Lidja detestava, mas do seu jeito se sentia parte do grupo. Ela sempre soubera disso.

O professor permaneceu em silêncio por um breve tempo.

– No fim das contas, esse encontro no bosque foi mais proveitoso que o previsto – disse, sorrindo. –

Podia acabar mal, mas descobrimos bastante coisa. Ratatoskr está aqui para ajudar Nida e, supondo que as coisas não tenham mudado em relação ao futuro que conhecemos, não deve ajudá-la na ação, mas em outra coisa. Há uma nova espécie de Sujeitado que circula pela cidade e que sabe muitas coisas a nosso respeito. Bem, eu diria que estamos avançando.

– E agora? – perguntou Sofia.

– Agora vamos continuar como antes e ainda contamos com Fabio do nosso lado.

O coração de Sofia deu uma cambalhota, e todos se voltaram para olhar o garoto, que parecia levemente constrangido.

– Bom, já estou dentro mesmo – disse em tom carrancudo.

– Sua ferida não era grave, mas de todo modo não confio em mandar você para a ação tão cedo: ficará repousando por dois dias – estabeleceu o professor.

Fabio tentou protestar, mas ele o deteve levantando o dedo.

– Fora de discussão. Você vai procurar Ratatoskr assim que eu estiver certo de que, se você o encontrar em uma batalha, será capaz de fazer frente a ele.

Fabio fez um gesto de irritação, que provocou uma risadinha em Lidja. Aqueles dois não se suportavam mesmo, pensou Sofia.

– Você também, Lidja, hoje vai ficar aqui se recuperando do embate – apressou-se a acrescentar

# O rumo dos acontecimentos

Schlafen. – Precisamos de você em perfeita forma para o momento certo.

– Mas professor... – Ela saltou, furiosa.

– E vale o mesmo para você também: fora de discussão – deteve-a o professor, ganhando um olhar feroz. – Já você, Sofia, ficará atrás de Karl de novo, enquanto eu e Effi vamos continuar estudando a situação e procurando o fruto. Todos de acordo?

Fabio e Lidja limitaram-se a fazer um gesto decididamente pouco empolgado com a cabeça.

O professor bateu as mãos na mesa.

– Perfeito. Então estamos entendidos.

Entre as árvores que se avistavam pela janela, ninguém viu a barra de um manto preto escapulir.

Apenas a presença de Fabio já coloriu o dia de Sofia. Ela tinha que fazer as mesmas coisas do dia anterior: seguir, ficar à espreita em frente ao apartamento de Effi e Karl, ouvir as discussões em alemão dos dois. Mas tudo tinha um sabor diferente. Sabia que poderia ir para casa assim que terminasse e que Fabio estaria lá. Comeriam juntos, dormiriam debaixo do mesmo teto, e isso fazia toda a diferença do mundo. Quase nem sentia o frio, e o fato de a neve já estar quase completamente derretida não a entristeceu como aconteceria normalmente.

Até espionar o pós-jantar na casa de Effi e Karl não foi mais deprimente. Sofia abandonou-se aos sons do alemão, como se estivesse escutando uma melodia. Nunca tinha sentido uma grande atração por aquela língua, mas devia admitir que, no fundo, não era tão cacofônica como achara no início. Tinha uma beleza própria, uma musicalidade, e chegou a pensar que talvez um dia pudesse aprendê-la. No fim das contas, ela gostava muito daquela cidade, podia valer a pena voltar lá.

Quando ficou escuro no apartamento de Effi e Karl, Sofia deu um pequeno suspiro satisfeito e se preparou para ir embora.

Não estava muito tarde, e calculou que chegaria em casa em pouco tempo. Dirigiu-se à estação do metrô.

As ruas estavam desertas. Munique era assim: depois de certa hora, o frio dominava tudo. As pessoas ficavam entocadas em casa ou em algum pub. Não se via ninguém circulando.

Sofia sentiu arrepios percorrerem suas costas e fechou o sobretudo até o último botão. Mas aquela sensação de gelo não queria ir embora. A garota parou. Estava com um mau pressentimento. Era algo no ar, no modo como seus passos ressoavam no pavimento, até na forma como a luz das lâmpadas se projetava para a rua. Levantou os olhos para o céu em busca de uma lua que pudesse tranquilizá-la e viu uma sombra negra voar em direção à casa de Karl.

O sinal brilhou em sua testa, e as asas brotaram quase imediatamente. Uma batida e se viu voando no céu também, o ar frio que chicoteava suas bochechas rubras.

# O rumo dos acontecimentos

A sombra agora estava lá, furtiva, empoleirada na janela da sala, pronta para entrar. Viu-a desaparecer pelo umbral antes de poder intervir. Ela a reconhecera. O cabelo loiro cortado bem curto era inconfundível, assim como o corpo magro e atlético.

O sinal cintilou mais luminoso na testa de Sofia, e seus braços se transformaram em garras de dragão enquanto as pupilas aumentavam.

Entrou devagar, parando primeiro no parapeito para dar uma olhada na sala. Não colocava os pés lá desde aquela triste tarde em que haviam encontrado Effi pela primeira vez. Tudo parecia em ordem, mas Nida estava ali, ela a sentia.

Avançou furtiva no cômodo, as orelhas esticadas no limite. Era a audição de Thuban que a fazia perceber cada ruído dentro da casa. Até que reconheceu o sutil, levíssimo rangido do piso de madeira, tocado suavemente por dois pés treinados para não serem ouvidos. Vinha do quarto de Karl.

Entrou devagar e a viu: linda, acariciada pela luz tênue que penetrava pelas janelas, o braço direito já envolvido por chamas pretas. Estava ao lado do menino adormecido em sua cama, que, sem óculos, parecia ainda mais novo.

Sofia jogou-se em cima dela sem uma palavra, apertando-a com toda a força que tinha. Caíram no chão juntas, derrubando a escrivaninha. A Draconiana evocou um feixe de gavinhas que se enroscaram em volta de todo o corpo de Nida, tentando esmagá-

-la. Mas ela respondeu com uma labareda de chamas negras, que incineraram em um instante a trama densa que a aprisionava.

Enquanto isso, Karl havia pulado da cama e gritava aterrorizado, buscando os óculos. Usava um pijama azul com estampa de ursinhos e parecia ainda mais fofo do que quando estava vestido.

Sofia ergueu-se depressa e atirou-se contra Nida com as garras à mostra, tentando atingi-la nos olhos. O corpo da garota se envolveu de novo nas chamas, e Sofia buscou se proteger cobrindo-se com uma camada de clorofila, que brotou dos poros de sua pele, envolvendo-a em um manto verde. Lançou um cipó também coberto por aquela substância e apertou-o ao redor do pescoço da adversária. Depois, puxou-a para si, as garras prontas para golpear. Mas Nida dobrou a potência das suas chamas, e o quarto começou a brilhar com reflexos violáceos e pretos.

– Karl! – Effi estava à porta, despertada de sobressalto por todo aquele barulho.

– *Hau ab!* – gritou Karl, depois disparou para a frente com uma agilidade que Sofia nunca desconfiaria haver nele. A transformação foi quase instantânea. Os braços se tornaram garras, duas asas azuis explodiram em suas costas e até seu rosto pareceu se transformar na face feroz e orgulhosa de um dragão. Sofia sentiu-se invadida por uma onda de nostalgia: era uma sensação estranha, como se reconhecesse aquele dragão sem nunca tê-lo conhecido. Aldibah!

# O rumo dos acontecimentos

Seu ataque também foi imediato. Um relâmpago azul, e Nida se viu envolta por uma nuvem de gelo que apagou no mesmo instante suas chamas. Ela berrou enquanto Karl reforçava a gavinha lançada por Sofia, cobrindo-a com outra camada de gelo. Nida foi imobilizada por mais alguns momentos, e Karl se aproveitou disso. Com as garras, desenhou no peito dela um corte profundo, que dilacerou tecido e carne, até um líquido preto e pastoso começar a pingar da ferida. Nida gritou, mas a dor pareceu lhe dar ainda mais força e lhe permitiu partir os vínculos que a mantinham prisioneira.

– Malditos – sussurrou, mas não ousou desferir outro ataque. Lançou a ambos um olhar cheio de desprezo, depois sorriu maligna. – Ainda não acabou... – disse. E, antes que um dos dois pudesse pará-la, arremessou-se contra a janela e sumiu em uma nuvem de vidros quebrados.

Sofia jogou-se para a frente, mas, quando chegou lá, não havia mais ninguém na rua nem no céu: Nida parecia ter se desmaterializado. Só então a garota retomou fôlego. Sentia-se mortalmente cansada, mas tinha que ir embora depressa, antes que Karl se desse conta da situação. Estava se preparando para levantar voo quando uma mão pousou em seu ombro e uma voz feminina lhe fez uma clara, simples pergunta:

– *Wer bist du?*

## 12
## Futuro incerto

A cena tinha um quê de surreal. Estavam todos ali, ao redor da mesa da pequena casa onde haviam estabelecido o quartel-general. Sofia, Lidja, Fabio, o professor Schlafen, Karl e, principalmente, as duas Effi. Perfeitamente idênticas, por acaso naquele momento usavam até o mesmo pulôver, o único que a Effi do futuro levara consigo em sua viagem no tempo. Pálidas, uma se esquivava do olhar da outra.

Sofia esfregava as mãos com nervosismo. Procurava imaginar o que poderia significar um desastre semelhante em relação à mudança dos acontecimentos. Encontrar a si mesma proveniente do futuro devia ser algo absolutamente devastador. E era culpa sua, que havia aprontado a confusão cósmica de sempre.

Quando bateu à porta, quem abriu foi justamente Effi, que com dificuldade sufocara um grito. Leva-

## Futuro incerto

ra a mão à boca, enquanto a outra, ainda na soleira, também recuava aterrorizada.

Sofia tivera que contar tudo para Karl e a Effi do passado durante o caminho para casa. De resto, a mulher se preparava para encontrar a si mesma, e não havia nada que pudesse explicar um acontecimento daquele tipo, a não ser a verdade. Mas omitira a Karl o verdadeiro motivo pelo qual tinham voltado no tempo. Não tivera coragem de lhe revelar nem sabia se era o caso.

Agora, sentados lá, todos juntos, a atmosfera estava tão tensa que podia ser cortada com uma faca. Sofia notou que Effi apertava convulsivamente a mão do professor, um gesto que a incomodou de início, mas que no fim das contas entendia. Naquele momento, não devia se sentir muito melhor do que ela na primeira vez que o professor lhe dissera a verdade: o mundo como conhecia estava a ponto de desabar em cima dela, e tudo havia ocorrido sem pré-aviso, no meio da noite e com um acontecimento traumático.

"Um acontecimento traumático e não previsto", disse a si mesma. Era esse o aspecto mais inquietante de toda a situação: a Effi do futuro nunca havia falado de uma emboscada noturna de Nida. As coisas tinham começado a mudar, e de modo preocupante.

Foi justamente Sofia quem quebrou o silêncio:

– Eu... sinto muito, realmente não sabia o que fazer. Não podia deixar de intervir, Nida estava prestes a matar Karl, e foi inevitável ter que revelar meus poderes.

– Você não tinha escolha – tranquilizou-a o professor. – Esta noite você salvou a vida de Karl, fez o que devia fazer. Não se sinta culpada.

O peso que Sofia sentia no peito se desfez aos poucos.

– Me desculpem, a menina nos explicou algumas coisas no caminho, mas sinceramente não entendemos muito... – Karl se intrometeu. – A única coisa clara é que aquela lá – e lançou um olhar transtornado para a Effi do futuro – é Effi daqui a alguns dias, e que esta aqui – e indicou Sofia com o polegar – é uma Draconiana como eu. Mas quem são vocês? Por que estão aqui?

Ele também, como Effi, falava um italiano ótimo, embora com forte sotaque alemão. Por outro lado, não era algo raro em Munique: Sofia notara pelas ruas muitas propagandas de cursos de italiano, e com alguma frequência ouvia falarem essa língua, tanto os alemães quanto os muitos italianos que viviam na Baviera.

O professor ajeitou os óculos duas vezes, ganhando tempo para refletir. Enfim assumiu uma expressão decidida.

– Daqui a dois dias, a garota loira que vocês encontraram esta noite desafiará Karl em Marienplatz pela posse do fruto de Aldibah que vocês estão procurando e...

# Futuro incerto

A Effi do futuro o deteve, tocando docemente sua mão.

– Não, Georg, é melhor que eu lhe diga isso. Em particular.

O professor olhou-a por alguns instantes, depois apertou sua mão em sinal de consentimento.

As duas Effi e Karl se retiraram no outro cômodo, e à mesa permaneceram somente Schlafen e os outros três Draconianos, mergulhados em um silêncio pensativo.

– Como você se sentiria se alguém lhe anunciasse que daqui a dois dias você vai morrer? – disse Fabio, o olhar perdido no vazio.

– Não vai morrer – replicou Lidja, seca. – Estamos aqui justamente para evitar isso.

Sofia foi sacudida por um arrepio. Às vezes, nos momentos de mais profundo desconforto no orfanato, desejara poder conhecer o futuro. Só para saber se por acaso seria adotada, ou se no dia seguinte irmã Prudenzia lhe daria um sermão. Agora entendia o quão podia ser problemático o conhecimento do que aconteceria. Melhor, muito melhor ficar na ignorância, e quem sabe ter medo disso, em vez de saber exatamente como as coisas seriam.

– E agora? – perguntou Fabio. – É evidente que o rumo dos acontecimentos mudou, e ainda mais evidente é que essa confusão vai complicar ainda mais as coisas.

O professor suspirou.

– Agora todos estão com as cartas na mesa. Temos que nos informar sobre tudo o que Karl sabe sobre o fruto e antecipar os movimentos do adversário.

Quando a porta se abriu, Karl estava branco como um fantasma, e a Effi do passado parecia recém-saída de um pesadelo.

– Imagino que todos os presentes agora saibam por que estamos aqui, e o que aconteceria se não interviéssemos – disse o professor, quebrando o silêncio sepulcral que havia tomado conta da sala. – Neste momento, temos que compartilhar nossas informações. Até agora agimos de acordo com a suposição de que Karl sabia algo que Effi ignorava, e que de algum jeito tinha tomado posse do fruto. Em seguida, Nida o encontrou e... – ele pareceu procurar as palavras – ... e terminou como não vai terminar no futuro, é isso. – Virou-se para o garoto: – Por isso, Karl, é o momento para você dizer a verdade: você investigou por sua conta nesse período?

Karl estava absolutamente desambientado.

– Eu me preparo para essa evidência há muitos anos, vocês sabem. Effi me levou com ela quando eu era criança, e toda a minha vida foi um longo treinamento para encontrar o fruto de Aldibah. Mas sempre trabalhamos juntos. Ela é muito melhor do que eu nas buscas, eu acima de tudo sou hábil para combater. – Deu uma olhada furtiva para Sofia, que reviu imediatamente a performance dele naquela noite.

# Futuro incerto

– Você quer dizer que não investigou por sua conta para achar o fruto?

– Por que eu deveria fazer isso? Effi... – murmurou, vagando com os olhos de uma à outra de suas mães adotivas –... Effi é tudo para mim, é o meu mundo.

Disse isso com uma sinceridade tal que Sofia sentiu seu coração apertar. Um Draconiano, sozinho, perdido, que tinha apenas um Guardião em quem confiar, nunca trairia a confiança dele. Tinham cometido um erro grave ao suspeitar do contrário.

– Se sou o que sou, devo isso a ela, que me ensinou tudo. Se estou vivo esta noite, sem tirar nenhum mérito de...

– Sofia... – disse ela baixinho.

– De Sofia, é graças a Effi. Qualquer coisa que eu tivesse descoberto teria lhe contado.

O professor tocou a barba nervosamente.

– E o que nos diz das suas visões? Effi nos disse que você tinha umas visões e que de repente pararam.

– Há algum tempo tenho sonhos estranhos. – Todos o encararam com atenção, e Karl pareceu subitamente desajeitado sob tantos olhares.

– Que tipo de sonhos? – pressionou-o o professor.

– Sempre começam com Aldibah. Ele aparece para mim e tenta me dizer algo, algo que não consigo entender. Depois de poucos minutos, o sonho se torna nebuloso, e o corpo de Aldibah parece que se desfaz... Não sei explicar... Tudo fica escuro, as coisas se confundem...

– Você se lembra do que ele tenta lhe dizer?

– Há imagens que voltam sempre. Castelos maravilhosos... jardins... e enfim uma criatura branca, que não consigo identificar.

– E depois? – perguntou Lidja.

– E depois basta. Aldibah desaparece, engolido pela escuridão, e eu me sinto em queda livre, enquanto ao meu redor retumba um grito horrível, como o rugido de um animal enorme. Nesse momento eu acordo.

Os presentes trocaram olhares, e Karl os analisou.

– São apenas sonhos, eu sei... mas há algum tempo ajudavam a mim e a Effi na busca pelo fruto.

– Sabemos disso. De resto, foi assim que Lidja e eu encontramos nossos frutos. Os dragões falam com a gente nos sonhos, fornecem pistas – disse Sofia.

– Seus pesadelos me preocupam muito – observou o professor. – É como se um poder malvado estivesse em atividade.

– Nidhoggr – sussurrou Lidja, e foi como se a temperatura da sala caísse alguns graus.

– Nossas buscas – interveio hesitante a Effi do passado – estavam nos levando à Residenz. Parece que Ludwig II levou o fruto para lá.

Diante das caras perplexas dos Draconianos, Karl se deu ao trabalho de explicar em tom didático:

# Futuro incerto

– Ludovico II, como vocês o chamam, foi o rei mais famoso da Baviera. Era um sujeito inquieto e solitário, apaixonado por mitos e lendas, e tentou viver exatamente como um príncipe das fábulas. De acordo com nossas fontes, ele descobriu um antigo artefato que achava que fosse um objeto sagrado dos Nibelungos. Parece que Siegfried o escondia no alforje quando matou o dragão Fafnir, e foi justamente aquele objeto que lhe deu a força necessária para realizar o feito. Diz-se que era um amuleto e que fazia parte do inestimável tesouro que lhe transmitiu seu pai, o grande Sigmund. Nas descrições, é muito parecido com o fruto de Aldibah. – Karl tomou fôlego e logo acrescentou: – Mas é a primeira vez que vocês vêm à Baviera? E nunca ouviram falar de Neuschwanstein?

Sofia achou que parecia o nome de um remédio.

– É o castelo em que Walt Disney se inspirou para o palácio de *A Bela Adormecida* – pontuou Karl. Assumira um ar professoral levemente irritante. – E não é o único. Ludwig tinha uma grande paixão por castelos, mandou construir vários.

Lidja inclinou-se para a frente, empolgada.

– Então talvez o fruto esteja em um desses castelos!

– É provável, mas eu não ficaria tão animada – objetou a Effi do futuro. – Os castelos que ele mandou erguer são três, sem contar o palácio do pai em Hohenschwangau. Nymphenburg é o castelo em que nasceu, e em Schachen estava a residência real. E não estamos falando de casinhas, mas de enormes castelos. Só para analisar um deles precisaríamos de dias.

Vê-las falar parecia bastante esquisito. Não era como se duas gêmeas idênticas estivessem interagindo: evidentemente havia algo de *errado* na cena delas duas trocando informações, algo em que o cérebro se recusava a acreditar. Para Sofia, era como se a realidade estivesse perdendo seus contornos.

– De qualquer maneira, agora que sabemos que o futuro está mudando e que Karl não tem nada de novo para nos dizer sobre o fruto, é o caso de estabelecermos o que fazer daqui para a frente – sugeriu Lidja.

– Antes de mais nada, eu diria que é taxativo que o inimigo não saiba nada sobre a clepsidra – interveio o professor. – E não podemos esquecer que Nida poderia voltar a qualquer momento para dar fim à missão que não concluiu esta noite. Karl está em maior perigo ainda, agora: nossas ações anteciparam o plano homicida dos nossos inimigos. Portanto, Effi e Karl deverão ficar trancados aqui, onde Nida não pode encontrá-los. Fabio velará os dois para maior segurança, enquanto eu, Effi, a Effi do futuro, quero dizer, estaremos no apartamento deles com Sofia e Lidja, prontos para interceptar Nida caso volte para matar Karl.

– Eu sei me virar muito bem sozinho – sentenciou o menino, orgulhoso. – Perguntem para Lucia.

# Futuro incerto

— Sofia — especificou ela, ressentida. Aquele quatro-olhos sabichão começava a lhe dar um pouco nos nervos.

— Esta noite eu me virei notavelmente com aquela mulher e, agora que sei que minha vida está em perigo, tomarei ainda mais cuidado. Não corro absolutamente nenhum risco.

— Com todo o respeito, eu vi seu caixão descer na terra somente alguns dias atrás — replicou Sofia com um tom ácido que não era típico dela.

Karl ficou com o rosto branco, e o professor lhe desferiu um olhar fulminante.

— Ninguém está pondo em dúvida suas capacidades de Draconiano. Mas Lidja e Sofia também se viraram até agora porque sempre trabalharam em dupla. Cada um de vocês é fundamental para derrotar Nidhoggr, e por isso é importantíssimo não apenas que encontrem os frutos, mas que permaneçam vivos.

— Existe um caminho mais rápido para conseguirmos — falou Fabio.

Todos se viraram para ele.

— E qual é? — perguntou Lidja, cética.

— Vocês acabaram de dizer que a chave de tudo isso são os sonhos de Karl e que seus pesadelos fedem a Nidhoggr.

— E daí? — insistiu Lidja, provocativa.

— Logo, a questão é muito simples: capturamos Nida e a obrigamos a nos dizer o que Nidhoggr está arquitetando.

## A Garota Dragão

O professor limitou-se a estudar Fabio longamente.

– Pense nisso, Schlafen – continuou o garoto. – Em vez de perder tempo, vamos diretamente à fonte. Nida não teria matado Karl antes de saber onde o fruto está escondido. É evidente que já está em posse dele ou lhe extorquiu informações sobre onde estava.

– Não temos ideia se neste ponto da história ela já sabe onde está – objetou o professor.

– É mesmo. Mas, se daqui a alguns dias estaria em suas mãos, com certeza ela está mais adiantada do que nós na busca. Mas a pergunta é outra: você seria capaz de extorquir a verdade dela?

Fabio e o professor olharam-se em silêncio. Então, devagar, Schlafen concordou:

– Sim... eu... acho que sim.

Fabio sorriu com ar de desafio.

– E o que estamos esperando?

O jardim estava imerso na escuridão. Nida estava em pé diante do pequeno templo circular, à espera. Fazia menos frio, e isso quase a aborrecia. Cheiro de primavera no ar, um odor que ela detestava. Claro, estava longe. Ainda haveria espaço para o frio, talvez até para uma última, fraca nevada. No entanto, em um mês apareceriam os primeiros botões nas árvores, e a natureza despertaria mais uma vez. A vida voltaria a aquecer a terra, até Nidhoggr conseguir

## Futuro incerto

finalmente destruir aquele céu e tornar o mundo um bom lugar para a existência de sua estirpe.

Não teve que esperar muito. Uma figura de manto deslizou depressa na direção dela, inclinada sobre a grama molhada. Ajoelhou-se em um gesto de respeito.

– Tenho novidades interessantes, minha senhora. Mas não sabia que tentaria matar o Draconiano esta noite.

Nida sorriu desdenhosa.

– Não tenho que lhe dar satisfação das minhas decisões, miserável. De todo modo, não era ele que eu queria matar, mas os Draconianos que estão à sua volta. Protegem Karl, e eu sabia que provavelmente vigiavam a casa. Infelizmente, minha armadilha só atraiu a Draconiana de cabelos vermelhos que sabe dominar... as plantas – disse com repugnância. – Meu Senhor não ficará nada contente com isso. Portanto, trate de animar o meu dia com alguma notícia realmente útil.

Nida sentiu que a figura de manto sorria debaixo do capuz que cobria suas feições.

– Descobri por que os Draconianos estão aqui, minha senhora. Viajaram no tempo com um antigo artefato. A Draconiana que encontrou veio do futuro.

Nida pareceu transtornada.

– Viajaram no tempo? Esses malditos servos de Thuban não param diante de nada... – Então deu risadinhas de escárnio, imperiosa. – Mas eu estarei pronta para recebê-los como merecem, se por acaso se meterem de novo no meu caminho. O importante é o garoto. Você está agindo como eu lhe disse?

A figura pegou um frasco vazio debaixo do manto.

– O filtro acabou, preciso de outro.

– Você terá, não tenha medo. Mas quero resultados... e logo – replicou Nida com olhar cruel.

# 13
# A casa da bruxa

Era um esplêndido dia de sol. O professor Schlafen sempre dizia: "Não há nada mais bonito do que o azul do céu da Bavária quando o sol se abre." E era verdade. Em Roma, o tempo bom era dado como certo: quando abria as janelas de seu quarto, no lago de Albano, Sofia sabia que nove vezes em dez encontraria um sol intenso e brilhante para beijá-la. Mas ali em Munique o tempo límpido era uma conquista árdua. Aparecia de repente, depois de uma procissão de dias cinzentos, e sempre despertava a mesma admiração. Era como se a cidade inteira sorrisse. E foi assim naquela manhã não menos gélida que as outras, mas com um delicioso cheiro de primavera. Era muito cedo, e Sofia ainda estava sonolenta. Havia até cochilado no bonde, e Lidja tivera que acordá-la pouco antes do ponto delas.

## A Garota Dragão

O Englischer Garten foi o lugar mais óbvio em que pensaram poder encontrar Nida, lá onde ela já havia marcado um encontro com seus aliados.

No entanto, evidentemente Nida não era tão previsível assim: depois do embate da noite anterior, devia ter escolhido outro refúgio, porque em quatro horas de emboscada as duas garotas não perceberam nenhum vestígio dela.

Então decidiram seguir um segundo rastro: talvez Nida tivesse resolvido seguir Karl. A escola do menino era, portanto, o melhor lugar para interceptá-la.

Esconderam-se nos arredores do instituto. Karl havia ficado em casa naquele dia, e Nida, não o vendo sair, provavelmente se dirigiria para onde havia montado seu esconderijo.

E assim foi. Alguns minutos antes das quatro, elas a viram sentada à mesinha de um bar pouco distante, concentrada na leitura de uma revista. Esperaram bastante antes que, visivelmente irritada, ela se levantasse e fosse embora.

Seguiram-na por toda a cidade, até a silhueta baixa e comprida do palácio de Nymphenburg aparecer no horizonte. A luz do pôr do sol já começara a incendiar o lago em frente à construção, difundindo no ar uma atmosfera mágica.

"Você escolheu um lugar tão bonito para sua toca... por quê?", Sofia se perguntou.

# A casa da bruxa

Nos últimos dias, havia se informado sobre a história da Baviera e descobrira que por muito tempo constituíra um estado à parte, separado da Alemanha. A Residenz, o lugar onde Effi, Karl e Nida tinham se encontrado no curso original dos acontecimentos, era o verdadeiro palácio real. Já Nymphenburg era uma mansão nos arredores da cidade, uma residência de veraneio que Munique, em seu crescimento típico de cidade moderna, aos poucos havia englobado.

O palácio era de um branco luminoso, com um grande corpo central e duas alas laterais, sobre as quais se destacava um brilhante telhado vermelho. Effi lhe contara que no inverno, no lago e principalmente ao longo dos canais que rodeavam a construção, os habitantes da cidade se dedicavam a vários esportes. Viam-se crianças patinando e pessoas jogando uma versão de bocha no gelo.

Agora, no entanto, o gelo havia derretido, e sobre a água deslizavam maravilhosos cisnes e patos sonolentos. As estátuas que costeavam a enorme alameda diante da entrada ainda estavam cobertas pelas grandes gaiolas de madeira que as protegiam do frio, e só na primavera seriam descobertas. Aquela imagem desviou Sofia dos próprios pensamentos e a lembrou do objetivo delas: apanhar Nida e levá-la ao professor.

Ainda não estava completamente convencida daquele plano. A finalidade delas nunca tinha sido aniquilar os adversários, mas resgatar os frutos. Talvez, simplesmente, o professor não quisesse que alguém se expusesse demais ao perigo, mas, agora que o inimigo havia ultrapassado o limite, estava na hora de eles também serem mais agressivos. Não por acaso, havia sido justamente Fabio a decidir essa mudança de tática.

A naturalidade com que ele propusera capturar Nida havia impressionado muito Sofia. Ela nunca havia pensando nessa ideia. O professor também parecera hesitante, e discutiram por um longo tempo sobre o assunto. Mas a lógica do garoto era inquestionável.

– Não podemos nos dar ao luxo de continuar assim. Chegou a hora de termos informações claras e tomarmos as rédeas da situação: daqui a dois dias, Karl poderia estar morto.

– Chega! Vocês falam como se eu já fosse comida de verme – explodiu Karl. – Até este momento, só conseguimos mudar a história para pior: Nida tentou me matar antes do tempo.

– Ele tem razão – replicara Fabio. – Por isso temos que capturar Nida e obrigá-la a nos confessar qual é o plano deles, para impedir que ela machuque Karl.

Era o caráter dele. Sofia não podia deixar de perceber a sutil diferença que Fabio sempre tendia a evidenciar entre si mesmo e o resto do grupo. Ele não era completamente como eles, pois ainda trazia marcas profundas do período que passara com o inimigo. Mas também era disso que Sofia gostava nele. Tinha algo de obscuro e misterioso que a atraía de modo irresistível. Assim, quando ele se oferecera para encontrar o esconderijo de Nida, foi instintivo para ela tomar coragem e propor ajudá-lo.

Mas seus sonhos se partiram assim que o professor estabeleceu as diretivas para aquela nova missão.

– Fora de cogitação, Fabio. Você ainda está convalescente.

– Não foi nada além de uma ferida superficial estúpida, está curada e...

– Vão Sofia e Lidja. Você ficará de guarda para Karl.

Uma tarefa que Fabio recebera bufando sonoramente, enquanto Sofia tentava disfarçar a decepção para não deixar transparecer demais seus sentimentos.

Naquela manhã, enquanto se preparava para sair, ele já estava acordado. Tinham tomado café em silêncio, sentados à mesa da sala sob a luz fraca da luminária.

– Bem, divirta-se por mim também – dissera ele com um meio sorriso. – Provavelmente teria sido bom pelo menos uma vez trabalhar com você, em vez de salvar sua vida.

Sofia sentiu as bochechas pegarem fogo.

– Bem, no futuro... quem sabe.

– Boa sorte. Vou me preparar para ficar de babá – acrescentara ele com uma expressão irônica.

\*  \*  \*

Quando Sofia e Lidja chegaram aos portões do jardim de Nymphenburg, os encontraram trancados.

– Nida deve tê-los fechado quando entrou por precaução. Você cuida disso – disse Lidja, sorrindo. A essa altura, Sofia era especialista em fechaduras e cadeados: uma gavinha verde fina saiu de sua mão, insinuou-se entre as dobradiças, e o portão cedeu com um leve rangido. As duas garotas entraram depressa. Diante delas abriu-se uma ampla alameda, em cujas laterais se estendia um verdadeiro bosque.

– E agora? – perguntou Sofia.

– Me siga. Está vendo aquelas marcas no terreno? São as pegadas de suas botinas, eu as conheço bem.

Foram para a margem, penetrando a vegetação.

As árvores ainda estavam adormecidas por causa do longo inverno, mas Sofia podia percebê-las vibrar de uma vida nascente. Sentia a linfa voltar a fluir timidamente nas veias delas, quase sentia as primeiras ondulações que preanunciam a nova estação. Os ramos estavam nus, mas os brotos não demorariam a chegar. Caminhar naquele lugar lhe transmitia um sentimento de excitação, como se nova energia fluísse das árvores à terra e dali, mesmo através da sola pesada de suas botinas, subisse até ela, dos pés às pontas dos cabelos.

– Estamos quase lá, não faça barulho – disse Lidja, trazendo-a de volta à missão.

# A casa da bruxa

Passaram por um córrego atravessado em dois pontos por pequenas pontes de madeira e viram uma construção aparecer entre os galhos das árvores. Era uma casinha branca de dois andares, com parte do telhado inclinada e parte em forma de cúpula. No topo, uma bola de ouro e uma espécie de meia-lua brilhavam à luz do sol poente. Apesar daquela cintilação no céu ainda azul, aquela casinha não tinha um ar nada tranquilizador. As janelas estavam trancadas, e parte da madeira havia sido pintada para simular uma parede de tijolos. A tinta, porém, estava meio descascada e caindo, e podia-se dizer o mesmo da tinta branca, que cobria boa metade da construção. As janelas eram escurecidas por venezianas com ripas desiguais, que deixavam entrever o negrume que reinava lá dentro. Quase parecia uma casa de brinquedos destinada a uma criança muito rica e muito sozinha. A imagem fez Sofia se lembrar do enigmático Ludwig II, sobre quem havia obtido algumas informações, curiosa com os relatos de Karl. Ele havia nascido justamente naquele palácio, e com certeza tinha brincado naquele parque. Pelo que lera, Ludwig se parecia um pouco com ela: melancólico e perdido em um mundo cheio de heróis e criaturas fantásticas, e ela o imaginava passeando sozinho naqueles gramados ilimitados, e talvez se isolando naquela casinha em ruínas distante de tudo e de todos.

Mas havia também algo de obscuro no lugar, algo que fazia seus pulsos tremerem. Sentiu que as pernas se recusavam a ir em frente. Lidja devia ter experimentado uma sensação semelhante, porque também parou e a olhou.

– É aqui, eu sinto.

Sofia sentiu frio de repente. Algo dentro daquele casebre absorvia a luz do exterior, lançando uma penumbra sinistra ao redor.

– Você acha que devemos entrar?

Lidja concordou. Então se inclinou para o chão tirando a mochila dos ombros e começou a remexer lá dentro. Pegou um grande embrulho dourado, a arma que permitiria que derrotassem Nida. O professor a dera a elas naquela manhã mesmo.

– Uma coisinha que eu trouxe de Castel Gandolfo e que achei que pudesse nos ser útil – dissera com uma nota de orgulho na voz, ajeitando os óculos no nariz com seu típico tique. Parecia uma rede de pesca: era grande o suficiente para envolver inteiramente o corpo de um adulto e brilhava com reflexos dourados. – Thomas e eu a fizemos há algum tempo, depois dos últimos encontros com as emanações de Nidhoggr. Está impregnada com a resina da Árvore do Mundo e é capaz de inibir os poderes de Ratatoskr e Nida. Mais especificamente, eles não podem se soltar de nenhum modo de seu aperto.

Lidja colocou-a debaixo do braço e se levantou.

– Quando virmos Nida, cada uma de nós pegará uma ponta e a jogaremos em cima dela antes que tenha tempo de reagir.

# A casa da bruxa

Pararam diante da porta, sob um pequeno alpendre de madeira. Sofia havia lido em algum lugar que o arquiteto que construíra aquele local tinha tentado intencionalmente fazê-lo parecer uma ruína antiga. Mas o tempo o tornara de fato uma espécie de destroço do passado. A essa altura havia pouco de não genuíno na tinta descascada, nas janelas desconexas e no ar de abandono que emanava.

"Parece a casa de uma bruxa", pensou Sofia.

A porta estava fechada, e coube a ela de novo forçar a fechadura. A madeira estava meio podre, por isso não foi especialmente complicado. A porta se abriu sem fazer barulho. Por precaução, Lidja e Sofia resolveram tirar botas e botinas e entraram na ponta dos pés. O chão, embora fosse de madeira, estava gelado. O interior da casa era iluminado em lampejos pela luz que vazava das janelas em mau estado. Tudo era de um cinza empoeirado e mortífero, e no teto as teias de aranha teciam uma espécie de véu que passava rente às cabeças delas em alguns trechos. As paredes eram revestidas por um papel com estampas floridas, comido pelo mofo e rasgado em alguns pontos. Aquele local era tão apertado que Sofia teve uma terrível sensação de opressão e estava quase impaciente para chegar à escada que levava ao andar de cima.

– Tem certeza de que está aqui? – sussurrou, embora o instinto lhe dissesse claramente que era o lugar certo. Nidhoggr amava a desolação e o abandono, e aquela construção estava impregnada disso desde os alicerces. Difícil dizer se era por causa da presença do inimigo ou porque sempre fora assim, mas a atmosfera que reinava ali era perfeita para a serpe e seus seguidores.

    Fizeram um rápido reconhecimento do ambiente no andar de baixo, mas não encontraram nada. Nida estava lá em cima, agora era certo. Dirigiram-se à escada.

    Subiram os degraus com extrema lentidão. Era fundamental pegá-la de surpresa.

    Ao chegarem ao topo da escada, viram-se exatamente embaixo da cúpula. Do centro do teto pendia um grande lustre de gotas de cristal, todo coberto por teias de aranha grossas como tecido. Ali havia ainda menos luz do que no andar inferior. Parecia que caminhavam em tinta fresca. Avistaram uma porta semicerrada. Aproximaram-se com cautela e espiaram lá dentro. Raios luminosos e finos penetravam pelas ripas desconjuntadas das folhas da janela, mas se extinguiam em uma poeira dourada antes de conseguirem tocar o chão.

    Ela estava ali, encolhida em um leito improvisado; talvez cochilasse.

    Lidja e Sofia agiram em perfeita sincronia: olharam-se, cada uma pegou uma ponta da rede e contaram mentalmente até três. Então, em um instante, jogaram-na em Nida, que explodiu em um grito de surpresa.

# A casa da bruxa

Ao contato com sua pele, as malhas da rede emitiram um leve chiado. Nida arregalou os olhos no mesmo momento e por uma fração de segundo seu rosto se transfigurou em seu verdadeiro aspecto, o de um réptil feroz. Soltou outro grito, que não tinha nada de humano. Lidja e Sofia mantiveram sólida a pegada na rede e a esticaram para enrolá-la mais firmemente em torno da presa.

Nida se contorcia enquanto chamas escuras ardiam em volta de seu corpo, mas se dissolviam sem conseguir ultrapassar as malhas cerradas.

– Tirem isso de cima de mim, tirem de cima de mim! – berrava. Suas unhas se alongaram em garras e tentaram aumentar os buracos da rede. Era um animal na gaiola, e Sofia quase sentiu pena dela. Mas não havia espaço para piedade em uma missão como aquela. Lamentou não ter Fabio ao seu lado: ele não hesitaria nem um instante e lhe infundiria a coragem de que precisava.

Quando Nida ficou completamente imobilizada, Lidja pegou da mochila um saquinho de veludo e jogou o conteúdo em seu rosto. Um pó verde e dourado envolveu o corpo da inimiga. Nida tentou gritar, mas a voz se apagou na garganta. Todas as forças abandonaram seu corpo, que pouco a pouco se prostrou no chão, até ficar imóvel. Mais uma artimanha do professor.

– Este é o pó que cobre a Gema – explicara a elas. – Tem grandes poderes curativos, mas, em particular, como tudo o que diz respeito à Árvore do Mundo, é nociva ao inimigo. A quantidade contida neste saquinho será suficiente para fazer Nida ficar desacordada por algumas horas, até a interrogarmos.

Lidja relaxou, mas Sofia demorou um pouco antes de se decidir a largar a rede. As malhas haviam cortado a pele dos dedos, deixando marcas vermelhas profundas. Havia sido mais trabalhoso que o previsto.

– Amarre-a com seus cipós – sugeriu a amiga, sentando-se no chão com um suspiro. – Eu não quero que ela dê um jeito de se soltar.

Sofia obedeceu, embora se sentisse exausta. Envolveu o corpo da adversária e a rede em uma densa trama de cipós duros.

Estava acabado. Por alguns minutos ouvia-se apenas o barulho de suas respirações ofegantes, então Lidja se apoiou sobre as mãos.

– Só nos resta esperar que fique escuro, assim poderemos levá-la voando ao professor, sem que ninguém nos note.

– Isso – concordou Sofia com voz triste. Sentia-se estranhamente suja, como quando, em Benevento, junto com Fabio e Lidja, pensara que tinha matado Ratatoskr.

Não combinava com ela esse ódio todo. Não combinava com ela infligir sofrimento.

"Talvez seja por isso que combatemos", disse a si mesma. "Para que eu nunca mais seja obrigada a fazer uma coisa desse tipo."

Lá fora, o sol desapareceu no horizonte, entre as árvores nuas.

# 14
# A história se repete

A estação estava quase deserta. Com as lojas fechadas, faltava no ar aquele cheiro típico de Munique – um misto de cebolas e especiarias pouco difundidas na Itália – que costumava pairar no saguão principal. Os trens avançavam preguiçosos nos trilhos, transportando estudantes mirrados e algumas pessoas que trabalhavam em outras cidades.

Fabio bocejou, cansado por ter dormido tão pouco nos últimos dias. Procurara andar na linha e fazer o que Schlafen lhe ordenara, mas não tinha conseguido. Sabia que estava traindo a confiança dos Draconianos mais uma vez: deveria ter permanecido com Karl e Effi para protegê-los de eventuais ataques. Mas eles estavam em segurança, pensou. Nem Nida nem Nidhoggr sabiam onde ficava o esconderijo, e permanecer trancado com eles significava gastar energias que deveria empregar em sua verdadeira missão e correr o risco de sucumbir de novo. Como no jogo de xadrez, adotar uma tática defensiva por tempo demais, no fim, não recompensava: chegava o momento em que era necessário passar ao ataque. E o movimento seguinte só podia ser um: deter Ratatoskr e finalmente fazer justiça.

Por mais que estivesse *realmente* intencionado em ajudar os outros, por mais que sentisse um vínculo entre si e seus semelhantes, incluindo aquele menino roliço e sabichão, Fabio sabia que era diferente e que não podia sufocar a própria natureza. Se havia acabado nas mãos do inimigo e o tinha servido, não era por acaso. Algo nele o tornava um caçador solitário. Precisava acertar as contas em suspenso antes de poder se sentir completamente parte do grupo.

Assim, dera uma desculpa e se separara de Karl e Effi para voltar ao Monopteros, no Englischer Garten. Vestira um sobretudo e um chapéu de feltro pesado que pegou no armário do tio de Effi, para ficar menos reconhecível e seguir o inimigo sem ser notado. Lá, após duas horas de tocaia, o vira.

Depois de se assegurar de que ninguém o observava, Ratatoskr levantara uma pedra que escondia um buraco profundo e tirara de dentro um embrulho de tecido.

Fabio tentou ver o que era, mas o jovem imediatamente o guardara em uma bolsa de veludo que trazia a tiracolo. Então, com calma, dirigira-se à estação de trem, e ele o seguira.

# A história se repete

Agora Ratatoskr passeava perto de uma bilheteria automática, evidentemente esperando alguém.

"Por que veio justamente aqui, na estação?", Fabio se perguntou. Olhou o relógio: dali a muito pouco deveria se encontrar com o professor e os outros no apartamento de Effi, mas obviamente ele não iria. Tinha certeza de que Lidja e Sofia haviam conseguido, e Nida, a essa altura, era prisioneira. Podiam muito bem se virar sem ele. De resto, nunca tivera dúvidas sobre Sofia e suas capacidades de Draconiana. Mas, desde que salvara sua vida, só conseguia pensar nela como uma criatura frágil. Não confessaria nem sob tortura, mas era ela a pessoa do grupo com quem se sentia mais ligado. Talvez fosse o que haviam compartilhado, o fato de terem se salvado reciprocamente, sabe-se lá. Mas se importava com ela, de um jeito que custava a aceitar. Por isso preferia evitá-la. Não estava acostumado com o afeto: não queria receber, mas, sobretudo, não queria dar. Desde que sua mãe morrera, decidira que nunca mais sofreria tanto assim por alguém.

Sofia olhava insistentemente a porta de entrada do apartamento de Effi. Ele ainda não havia chegado. Onde tinha ido parar? Não se apresentara para o jantar, e ainda assim Karl dissera que estivera com ele o dia todo.

– Ele saiu para tomar um pouco de ar e disse que voltaria um pouco atrasado.

Mas isso era muito mais que um atraso. Nem o professor parecia tranquilo.

Sofia suava frio.

– Você acha... que... aconteceu alguma coisa com ele? – perguntou, sem ter coragem de terminar a frase.

– Não, não. Ele é forte, não temos com o que nos preocupar. Você sabe como ele é.

– Claro, não é confiável – especificou Lidja.

– Ele nos ajudou. E salvou minha vida – rebateu Sofia, ofendida.

– Para depois ir cuidar da vida dele por mais de um mês, ou estou enganada?

– Agora voltou.

– Mas não está aqui.

– Parem, vocês duas! – cortou o professor. – Nida vai recuperar os sentidos em breve, e aí não poderemos mais esperar. A ideia foi de Fabio, mas cabe a nós levá-la até o fim. Quando tivermos terminado, vamos tratar também de encontrá-lo.

"Eu vou", pensou Sofia. "Nem que eu tenha que rodar Munique inteira, eu vou achá-lo."

Sentia um nó na garganta que não conseguia dissolver. Claro, era por causa de Fabio, mas também pela situação em que se encontravam e pelo que aconteceria dali a pouco. A palavra "interrogar" fazia com que imaginasse torturas medievais e outras práticas da Santa Inquisição. E, depois, aquele corpo inerte aos seus pés, enrolado na rede do professor e

# A história se repete

nos cipós que ela mesma havia evocado, fazia com que se sentisse mal. Nida estava inconsciente, mas de vez em quando se sacudia levemente. Era evidente que sofria por causa do contato com a resina da Árvore do Mundo.

O professor de repente sentou-se ao lado dela e colocou um braço em volta de seus ombros.

– Você não gosta disso, não é?

Sofia sobressaltou-se e o olhou sem saber o que responder. Envergonhava-se um pouco daquela sua fraqueza.

– É normal e é justo. Eu também não gosto. Mas infelizmente às vezes somos obrigados a fazer coisas desagradáveis para protegermos o que tem significado para nós. Faz parte da maldição do nosso papel. O importante é nunca faltarmos com aqueles princípios que consideramos irrenunciáveis. E não vamos fazer isso.

Seu olhar era decidido, e Sofia sentiu-se tranquilizada. Então algo se moveu nas margens de seu campo visual.

– Está recobrando a consciência – disse Lidja.

Todos correram para rodear o corpo de Nida, que se sacudiu e abriu os olhos.

Ela os olhou um a um, detendo-se com aversão em cada rosto.

– Me deixem ir embora – rosnou, enquanto tentava evocar relâmpagos negros, que se apagavam no mesmo instante contra as malhas da rede.

— É inútil você se esforçar — avisou o professor. — A rede na qual está enrolada impede que use seus poderes. Aconselho que fique tranquila, ou só correrá o risco de se machucar.

— Este negócio queima — protestou Nida, com um tom subitamente lamentoso, sofredor.

O professor continuou impassível.

— Então vamos tentar ser rápidos.

Olhou para Effi, e a mulher veio na direção dele. Juntos, levantaram Nida até colocá-la sentada. Seus olhos pareciam querer incendiar os presentes.

O professor inclinou-se na altura dela.

— Onde está o fruto? — perguntou direto.

Nida limitou-se a sorrir com ferocidade.

— Sabemos que você sabe onde se encontra, ou que intui, e logo irá pegá-lo. Nos diga onde está, e você estará livre.

— E o que eu ganharia com isso? Você realmente acha que eu posso lhe dizer? Você conhece Nidhoggr, sua crueldade. Ele me mataria se eu dissesse.

— Esta rede a machuca, eu sei. A resina da Árvore do Mundo é tóxica para a sua pele. E eu não vou soltar você enquanto não tiver falado.

— Sofro com prazer, pelo meu Senhor — rebateu ela, a testa perolada de suor.

— Também tenho outros meios para convencer você a soltar a língua.

Nida riu alto.

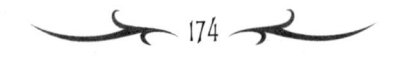

# A história se repete

– Mas no que você quer que eu acredite? Que me mataria? Ou melhor, que mandaria um dos garotos fazer isso? Nós conhecemos vocês há milhares de anos e sabemos quais são seus métodos. Não contemplam nem a tortura, nem o assassinato a sangue-frio. Porque vocês não padeceram do que as serpes padeceram, vocês não estiveram no escuro por um longo tempo como nós.

– Nada justifica o que vocês fizeram aos dragões e à Árvore do Mundo – interrompeu-a Schlafen.

– E o que vocês fizeram com a gente? – replicou ela. – Você não leva em consideração o que o meu Senhor padeceu? Sem contar que sofreu justamente por causa de quem mais amava. – E olhou para Sofia.

A menina permaneceu imóvel. Não conseguia entender, não conseguia acompanhar o diálogo. Mas aquelas palavras lhe causavam arrepios.

– Agora chega – cortou o professor. Levantou-se, pegou sua bolsa de couro pesada e vasculhou lá dentro.

– O que quer que você faça, é inútil. Eu lhe garanto. Meu Senhor é poderoso, você não acha que está com a situação perfeitamente sob controle?

O professor ostentava indiferença enquanto pegava da bolsa um pequeno frasco cheio de um líquido brilhante, verde e cristalino, que turbilhonava dentro do vidro.

— Reconhece isto?

Nida arrastou-se instintivamente na direção da parede.

— Sim, reconhece — continuou o professor, calmo. — Você ainda pode colaborar sozinha e nos dizer o que sabe. Caso contrário... — Ele sacudiu o frasco.

— Você não vai se atrever... — sussurrou Nida entre os dentes.

— A escolha é sua. Você pode falar, ou sou eu que vou fazê-la falar.

Os dois permaneceram se encarando por alguns instantes, então o professor avançou.

— Você vai me fazer morrer! Meu Senhor vai me matar! — gritou Nida.

Schlafen virou-se para os Draconianos.

— Me ajudem a mantê-la parada.

— Professor... o que é isso? — sussurrou Sofia.

— Um soro da verdade destilado com extratos da Gema. Se eu não usá-lo logo, ela vai se machucar de verdade com aquela rede. Vamos, me ajudem.

Sofia teve que tomar coragem para avançar, e junto com Lidja segurou Nida com força, tentando mantê-la parada. Mas ela se debatia feito uma doida, embora as cordas da rede cortassem sua carne. Foi Effi, implacável, que abriu sua boca. O professor despejou todo o conteúdo do vidrinho na garganta dela, depois colocou a mão em seus lábios. Nida continuou se sacudindo por alguns instantes, como se estivesse enlouquecida, então seus olhos se enfraqueceram, fitando o vazio, e seu corpo relaxou.

# A história se repete

– Podem soltá-la – disse o professor.

Sofia agradeceu aos céus. Odiava esses métodos, e ainda por cima as palavras de Nida não queriam parar de ecoar em sua cabeça.

Schlafen inclinou-se de novo na altura da prisioneira.

– Onde está o fruto?

Nida ficou embasbacada, como se nem sequer tivesse ouvido a pergunta. O professor pegou seu queixo entre os dedos e virou sua cabeça para que o olhasse nos olhos.

As pupilas de Nida demoraram um pouco para focá-lo.

– Não sei – respondeu devagar, como uma bêbada. O gelo desceu na sala.

O professor olhou o frasco vazio, perguntando-se se a quantidade de soro que havia usado era suficiente.

– Não é verdade. Você deve ter pelo menos uma vaga ideia.

Nida balançou a cabeça.

– Não sou eu que cuido do fruto, mas Ratatoskr. Eu devia apenas eliminar o Draconiano quando seu fruto fosse conquistado e me assegurar de que não cometesse algo contrário aos nossos planos. Nunca confiei completamente no nosso infiltrado.

Ninguém parecia entender mais nada.

– E quem seria? – perguntou o professor.

Nida imprimiu um olhar divertido em seus olhos.

– Vocês realmente nunca desconfiaram de nada?

– Professor, mas o que você deu a ela? – interveio Lidja. – Está dizendo coisas sem sentido...

O professor a calou com um gesto da mão.

– Continue – exortou.

– Descobrimos que vocês vêm do futuro e que voltaram para atrapalhar nossos planos. Sabíamos que passavam o tempo nos calcanhares daquele menininho ridículo para protegê-lo e nos impedir de machucá-lo. E naquela noite eu entrei no apartamento dele para atraí-los para uma armadilha e dar a vocês o que mereciam... Era tudo uma encenação para matar vocês, não Karl. Mas você se defendeu bem, olhos verdes... – sibilou, encarando Sofia. – Eu nunca poderia ter feito nada sem a ajuda da minha informante.

Aos poucos Sofia começava a entender e estava transtornada com aquilo. Porque, se as coisas realmente tivessem acontecido como imaginava, tinham dormido com o inimigo.

O rosto do professor estava lívido.

– De quem está falando?

O olhar de Nida se deslocou de Sofia à mulher que estava ao seu lado.

– Da Guardiã.

Effi empalideceu no mesmo instante.

– Não... eu... – gaguejou, arregalando os olhos.

Mas Nida continuou, impiedosa:

# A história se repete

– Foi ela que nos contou tudo. E é graças a ela que daqui a pouco o fruto estará nas mãos de Ratatoskr.

Um silêncio chocado recaiu na sala. Todos os olhares estavam voltados para Effi, mas ninguém se atrevia a falar.

Foi o professor quem quebrou aquela camada de gelo.

– Effi. É verdade o que ela diz?

A mulher não respondeu. Baixou o olhar, destruída pela vergonha.

Sofia nunca a digerira completamente, mas sua antipatia era devida somente ao ciúme, agora conseguia admiti-lo sem problemas. Tinha ciúme do jeito como Effi havia conquistado o professor de imediato, de como eles dois se olhavam, da intimidade que se criara entre eles. Mas nunca, jamais desconfiaria de que aquela mulher os estava traindo.

Effi olhava fixamente para o chão, sem nenhuma intenção de se mover ou fugir. Parecia aniquilada pela revelação.

Talvez não fosse culpa dela, pensou Sofia. Sabia o quanto Nidhoggr era mestre em submeter as pessoas à própria vontade: fazia isso com os Sujeitados, simples humanos que ele reduzia a fantoches que obedeciam a seus desejos por meio de enxertos metálicos. Tinha feito isso até com Fabio, que escolhera cientemente lutar junto com ele por um período, mas só porque Nidhoggr soubera apelar para suas fraquezas, seu desespero.

Effi, porém, era uma Guardiã. Como Nidhoggr conseguira corrompê-la?

O professor encarou a mulher com frieza; estava pálido e suas mãos tremiam.

– Effi, por quê?

Ela levantou a cabeça, desorientada. Parecia não entender o que estava acontecendo. O professor colocou as mãos nos ombros dela e fincou em seus olhos um olhar que queria ser implacável, mas que revelava uma profunda dor.

– Não me lembro dessa mulher... Não me lembro de ter falado com ela nenhuma vez... Eu sou inocente! – irrompeu, enfim.

Nida explodiu em uma longa risada.

– Não se lembra de como se entregou a mim, como aceitou o que eu lhe oferecia?

– *Das ist gelogen!* – berrou Effi com todo o fôlego que tinha na garganta.

As recordações a arrastaram como uma onda, trazendo novamente à superfície imagens dramáticas demais para que a memória pudesse detê-las sem fazê-la afundar na loucura.

– É verdade, nós podemos até ter sujeitado você, mas no fundo do coração você *queria*, queria que tudo isso acabasse, queria ficar livre de Karl e da missão – continuou Nida, cravando um olhar impiedoso nos olhos dela.

Effi jogou-se gritando contra Nida e a teria atingido se Lidja não a houvesse detido, fazendo-a cair

# A história se repete

no chão com estrondo. Effi cerrou os punhos nos ladrilhos frios e começou a chorar baixo, com dor infinita.

– Chore, pode chorar... até porque você sabe que o que eu disse é verdade!

– Agora chega – interveio o professor. – Cuidaremos de Effi mais tarde. Vocês não veem? Nida está tentando nos colocar uns contra os outros para nos distrair do nosso real objetivo. Você fica aqui com ela – disse, dirigindo-se a Lidja. – Vou deixar um pouco de soro com você para mantê-la sedada. Se for verdade que é Ratatoskr quem está conduzindo as buscas pelo fruto, temos que achá-lo imediatamente. Tenho suspeitas fundamentadas de que Fabio já está em seu rastro, e agora talvez seja ele o Draconiano que devemos salvar.

Sofia estava fora de si: parecia estar em um pesadelo. Uma traidora entre eles, Fabio disperso e o fruto nas mãos do inimigo. Depois de toda aquela agitação, depois de ter tentado colocar as coisas de volta no lugar de todos os jeitos, estavam no ponto de partida, aliás, pior. Apesar dos esforços que tinham feito, apesar de terem tentado mudar o que havia acontecido, a história parecia se repetir, apenas com atores diferentes. Agora não se tratava mais de Nida e Karl, mas de Ratatoskr e Fabio.

As coisas haviam tomado um rumo completamente inesperado. Nunca tinha considerado a possiblidade de que mudar o passado pudesse acabar pondo em perigo as pessoas mais importantes para ela. Nunca antes entendera completamente por que os dragões escolheram destruir para sempre a Senhora dos Tempos: seu poder era realmente terrível.

Estavam quase saindo quando o professor parou. Virou-se para Nida e lhe dirigiu uma última pergunta:

– Por que vocês não mataram Karl logo, se daqui a pouco tomarão posse do fruto?

Ela sorriu debochada.

– Finalmente vocês entenderam. Porque Karl nos servia para encontrar o fruto, foi por isso que ainda não o matamos. E nos serve agora também... mas não por muito tempo. Porque justo neste momento está tendo a visão que nos revelará o esconderijo do fruto. E Effi está lá com ele, pronta para matá-lo.

# 15
# Traição

Estava escuro. Karl avançava em um negrume denso, o arrastar dos seus passos preenchendo o espaço. A julgar pelo barulho, andava sobre uma espécie de trilha de montanha.

As imagens eram caóticas, inquietantes. A escuridão de vez em quando tentava se transformar em algo mais definido, uma forma gigantesca com um aspecto familiar. Havia azul-escuro, vermelho, um corpo enorme. E uma voz.

*Na roca... entre os montes...*

Aldibah. Certamente era ele. A sensação de nostalgia e calor que Karl experimentava era clara. Mas não conseguia vê-lo, e sua voz também estava distante e confusa.

Continuou andando, estimulado por um instinto que não era capaz de explicar. A rua, invisível, começara a subir. A imagem nebulosa de Aldibah desapareceu para dar lugar a uma criatura branca e distante... um pássaro, talvez. Ao redor, grandes figuras pretas com contornos indistintos. Karl tentou acelerar o passo, mas, por mais que corresse, a criatura branca estava cada vez mais longe.

*Insista, Karl... Você deve alcançar a roca... Está lá...*

Então a voz de Aldibah apagou-se em um grito rouco, e as figuras monstruosas engoliram o pássaro branco. A escuridão aumentou e tomou a forma inconfundível de duas serpes gigantescas, uma preta e outra roxa, as bocas escancaradas para o céu. Dois gritos estrídulos, insuportáveis, dominaram qualquer outra voz, e Karl foi sorvido em um turbilhão de terror, um terror que havia experimentado outras vezes, nos sonos infestados de pesadelos dos últimos tempos. As serpes cresceram desmedidamente, até ocuparem todo o espaço, até esmigalharem o corpo de Karl. O menino tentou gritar, mas os corpos dos monstros bloqueavam seu peito, e ele não conseguiu emitir sequer um som. Presas estalaram a um nada de sua cabeça, garras afiadas como facas procuraram sua garganta. Karl escancarou a boca, mais e mais, em um berro desoladamente mudo. E quando as fauces de uma das duas serpes se abriram em sua cabeça, quando sentiu o hálito quente delas cheirando a sangue, quando soube com todas as fibras do corpo que não havia mais saída, abriu os olhos de repente.

\* \* \*

# Traição

Sob a luz fraca que entrava pela janela, reconheceu os móveis do quarto que ocupava na casa do tio de Effi. Um pesadelo, nada mais. Como acontecia com cada vez mais frequência, a essa altura.

Karl tentava regular a respiração quando uma figura sentada ao lado da cama atraiu sua atenção. Demorou alguns segundos para entender quem era, sem óculos e depois do susto do pesadelo, e por um instante sentiu medo. Mas logo deu um suspiro de alívio. Era Effi.

– Mamãe... – disse baixinho. – Você não faz ideia do sonho horrível que acabei de ter. Foi atroz. Nele estavam Aldibah, como sempre, e, depois, uma criatura branca que eu não conseguia ver bem. Mas de repente duas serpes a devoraram. A voz de Aldibah desapareceu e eu achei que fosse morrer.

Effi olhava-o em silêncio.

– Mamãe? – repetiu Karl.

Ela não respondeu.

Então o garoto inclinou-se em direção a ela e buscou o conforto de um abraço.

Effi abriu os braços para acolhê-lo, sem dizer uma palavra.

E foi nesse instante que Karl viu a faca em sua mão. O instinto do dragão foi mais rápido que o gume e lhe permitiu desarmá-la com um golpe de garra.

– Mamãe! – gritou chocado.

Effi não demonstrou reconhecê-lo. Seus olhos estavam apagados e gélidos. Jogou-se em cima dele.

Karl esquivou-se, escapando do golpe, o sinal já brilhante em sua testa.

— Sou eu, o Karl! — gritou.

Não adiantou nada. Effi catou a arma do chão e a atirou nele, rápida e precisa como um lançador de facas. Karl lançou-se no piso, mas a ponta do gume conseguiu rasgar o tecido do pijama e ferir um de seus ombros.

— Mãe, volte a si! O que está acontecendo?

Não queria combater, não contra ela. Mas Effi parecia outra pessoa. Seu olhar estava aceso com reflexos vermelhos, quase como se estivesse endemoniada. Movia-se mecanicamente, como um autômato, animada pela única vontade de matá-lo. Karl não conseguia reagir. Fugiu para a sala de jantar sem parar de invocar a mãe, tentando fazê-la voltar a si.

— Pare, sou eu, o Karl! — berrou, mas uma nova facada o alcançou no ombro, arrancando dele um grito de dor. Uma mancha vermelha surgiu no tecido do pijama, e Karl se rendeu à evidência. Tinha que se defender.

De suas garras partiu um raio azul que terminou contra a parede, gelando-a.

Tentou manter a lucidez. Era Effi quem estava diante dele, não um inimigo qualquer, não a garota de cabelos loiros. Era Effi, sua mãe, a única pessoa que contava em sua vida, aquela que tinha lhe ensinado tudo o que sabia, que o protegera, criara, amara.

# Traição

Emitiu um segundo relâmpago de gelo, mas a mulher jogou-se de novo em cima do garoto. Caíram no chão e ali ficaram lutando um contra o outro. Effi tentava apertar as mãos em volta de seu pescoço, Karl buscava defender-se como podia com as garras. Se fosse qualquer outro, ele o sobrepujaria em brevíssimo tempo. Mas com Effi não conseguia: a preocupação em não machucá-la, em não feri-la, superava até mesmo o desejo de se salvar.

Outra facada passou rente ao seu abdômen, e Karl entendeu que realmente estava arriscando sua vida. Fechou os olhos, esticou as garras com todas as suas forças e, gritando, conseguiu abrir os braços em um amplo movimento circular que lhe permitiu afastar o corpo de Effi do seu.

Ouviu-a berrar e logo ficou de pé.

– Você está bem? – perguntou preocupado. Ele a atingira no rosto: dois grandes cortes vermelhos atravessavam sua face de uma bochecha a outra, e o sangue pingava lentamente. – Effi! – chamou-a com voz suplicante, indo em direção a ela.

Mas nem a dor a deteve. Disparou para a frente e o imobilizou no chão.

Karl não tinha mais forças para se opor, não *queria* fazer isso. Ver escorrer o sangue daquela que sempre considerara uma mãe o esvaziara de qualquer vontade. Deitou-se no chão, os olhos fixos no teto, à espera do golpe de misericórdia.

"Todo esse esforço e tudo termina exatamente como deveria terminar desde o princípio", pensou com tristeza. "Ainda assim, se deve ser desse jeito, melhor pela mão de Effi do que da estrangeira de cabelo loiro."

Mas o golpe não veio. Alguém se jogou em cima de Effi com um grito, e os dois corpos rolaram no chão, firmemente enroscados.

– Você está bem? – perguntou-lhe uma voz.

Era Sofia. Karl fitou-a incrédulo, depois desviou o olhar para a luta que estava acontecendo a poucos passos dele. Era uma cena inacreditável: quem o salvara fora a Effi do futuro. As duas mulheres estavam no chão: a Effi do futuro, embora não tivesse as armas de seu *alter ego* do passado, lutava com fúria, sem se preocupar com as feridas que o gume estava desenhando em seus braços e suas pernas. Apertava as mãos em volta do pescoço da outra, com força e desespero.

Sofia acorreu e evocou um feixe de cipós que irromperam de seus dedos em direção à Effi do passado. Com precisão cirúrgica envolveram o corpo dela, imobilizando-a. Então a levantou ao alto e atirou-a na parede com violência. A mulher perdeu a consciência, e finalmente houve paz.

Effi correu para Karl e lhe perguntou algo em alemão, acariciando seu corpo e examinando seus machucados. O professor foi até eles e os abraçou.

– Está tudo bem, acabou – murmurou, e Effi derreteu-se em um choro desesperado.

De repente ouviram gemidos. No chão, Effi estava recobrando a consciência. Sofia evocou Thuban de novo, pronta para usar seus poderes mais uma vez. Mas a mulher debatia-se como se estivesse tomada pela dor e não parecia tentar se soltar. Berrou algumas palavras em alemão, e Sofia viu as veias de seu rosto engrossarem e emergirem inchadas em direção à superfície. Sua pele se escureceu e seus gritos aumentaram, até que, em um relâmpago de luz negra, seu corpo simplesmente se dissolveu. No chão ficaram apenas os cipós que a bloquearam e uma espécie de pequeno casulo, do qual jorrava um líquido preto. Sofia recuou abalada.

– Fique aqui – disse o professor a Effi e se aproximou do casulo. Notou que se mexia levemente, e contra a luz deixava entrever a silhueta de um animal minúsculo. – Santo céu... que diabrura será essa?! – exclamou. Então pegou o casulo com um lenço e, tomando cuidado para não se deixar contaminar pelo líquido preto, examinou-o mais de perto. – Não posso acreditar... é o embrião de uma serpe.

– O que aconteceu? – perguntou Sofia com um fio de voz.

– Isto é obra de Nidhoggr – disse o professor, levantando-se. – Foi por isso que Effi nos traiu.

# 16
# A roca solitária

Fabio acabava de bebericar um chá para se aquecer durante a espera no átrio gélido da estação quando viu a bolsa de Ratatoskr se iluminar de repente.

Foi um clarão intenso e fulmíneo, como se algo dentro dela houvesse se animado. Após aquela forte cintilação, começou a pulsar de uma luz mais tênue e intermitente: Ratatoskr pareceu exultar e se dirigiu às pressas para um canto mais afastado da estação, sem saber que Fabio estava ali.

Trêmulo e empolgado, extraiu da bolsa um objeto e o pegou com cuidado nas mãos.

– Finalmente – disse a si mesmo, admirando sua superfície. – Um cisne, uma gruta, uma cascata. Finalmente temos a posição do fruto!

Saboreou aquele momento de glória apenas um instante e, sem se demorar mais, correu para a bilheteria automática.

# A roca solitária

Fabio levantou o cachecol até acima do nariz, baixou a aba do chapéu e aguçou a visão de dragão para poder espiar o destino: Füssen.

O trem já havia sido anunciado no alto-falante: só lhe restavam dez minutos para comprar a passagem.

A bordo estavam praticamente só os dois, e Fabio teve que se sentar em outro vagão para não despertar suspeitas. Ficar acordado foi um feito: do lado de fora reinava a escuridão absoluta, quebrada de vez em quando pelas luzes de casas isoladas.

Depois de duas horas de viagem, chegaram à estação ferroviária de Füssen, completamente deserta àquela hora. Fabio esperou que Ratatoskr descesse e então também tomou o caminho da saída. O frio o gelou assim que colocou os pés para fora. Insinuava-se através das mangas, descia pelo colarinho, botão a botão. Ali na montanha ainda havia neve.

Examinou a rua, iluminada por fracos círculos brancos vindos dos postes. Nenhum vestígio de Ratatoskr. Já estava se considerando um idiota por tê-lo deixado escapar com tanta facilidade quando olhou para o alto e viu um espetáculo que prendeu sua respiração. O castelo. Agarrado como uma ave de rapina a um pico rochoso, destacava-se na escuridão como um fantasma na noite, os contrafortes iluminados pela luz pálida da lua. Repleto de pináculos e torreões que pareciam furar o céu, emergia da neblina altivo e majestoso. Fabio o vira no folheto que pegara na estação de Munique. Neuschwanstein, chamava-se, um nome absolutamente impronunciável para ele, e era o último castelo que Ludwig II mandara construir. Nas intenções dele, era como um castelo encantado, o lugar onde seus sonhos poderiam tomar forma, para onde se retirar quando a vida de corte se tornava pesada demais. Parecia realmente um lugar de fábula, povoado por damas e princesas. Mas àquela hora e com aquela luz, tinha algo de sombrio e solitário. Parecia habitado por um espírito inquieto, a moradia inacessível de um homem desoladamente sozinho.

Fabio sobressaltou-se. Não estava ali como turista. De Ratatoskr não havia ainda nenhum rastro. Então desviou um pouco o olhar, em direção à lua luminosíssima que se erguia sobre a superfície da bruma, e viu uma silhueta alada. Aquela figura que voava devagar para a roca era grande demais para ser um pássaro e silenciosa demais para ser um avião. Só podia se tratar de Ratatoskr.

Fabio olhou ao redor. A cidadezinha estava mergulhada em um sono profundo. Deixou que o sinal em sua testa se acendesse, e imensas asas de fogo apareceram em suas costas. Sentiu-se imediatamente animado pelo calor delas, e parte da neve no chão derreteu sob a carícia das chamas. Deu um pequeno salto e estava no céu. Mirou a roca, sobrevoando um cenário de tirar o fôlego: abaixo dele estendiam-se picos cobertos de neve, abetos curvados pelo peso da neve e rochas ásperas. Não conseguiu se privar

# A roca solitária

do fascínio glacial daquele lugar, apesar de estar completamente voltado à própria missão. Algo naquele panorama ressoava em sua alma, em seu ser solitário e arredio. Levantou-se acima dos declives e sumiu na neblina. Tudo ao redor dele tornou-se leitoso, indistinguível. Mas a lua desenhava um contorno claro entre as brumas e lhe indicava o caminho. Quando saiu do manto de neblina, o castelo se destacou diante dele com toda a sua imponência. Fabio acariciou seu perfil com o olhar, sobrevoou suas torres austeras até se empoleirar na muralha da entrada. Achatou-se contra o muro e recolheu as asas.

Ratatoskr estava a vários metros sob ele, diante do portão. Evocou uma grande chama negra e o abriu. As dobradiças rangeram, e aquele barulho repercutiu por todo o estreito vale, reverberando de rocha em rocha e enchendo de gemidos os picos ao redor.

Fabio esperou que a chama se apagasse e que houvesse distância suficiente entre ele e o inimigo. Então desceu a pique e também entrou.

Dentro estava quase tão frio quanto fora, e Fabio ficou rodeado pela nuvenzinha cândida da própria respiração que se condensava no ar gélido. Não podia nem evocar as chamas, caso contrário Ratatoskr o veria.

O lugar estava decorado com uma série de mesas e cadeiras de madeira. A mesma madeira revestia as paredes até cerca de um metro e meio do chão, para depois dar lugar a um papel de parede enfeitado, do qual não conseguia identificar a cor. Uma luz fraca vazava das janelas, anteparadas por pesados vidros revestidos de chumbo, mas foi suficiente evocar os olhos de Eltanin para que o espaço ao redor dele se tornasse luminoso como dia. Avançou devagar. Ratatoskr devia estar dois cômodos à frente.

Atravessou duas salas idênticas à da entrada e depois subiu dois lances de escada. Esticou as orelhas no limite, aproveitando-se ao máximo dos poderes do dragão que morava nele. Passos. Abafados, mas claríssimos, pouco mais adiante.

Continuou e se viu em um salão com abóbodas cilíndricas baixas ricamente decoradas. Nas paredes desenhavam-se complexos afrescos de heróis seminus, os corpos vigorosos e musculosos. E mais madeira. Fabio sentiu pesar-lhe os ombros, como se aquela sala fosse um monumento ao *demais*: enfeitada demais, baixa demais, escura demais. Havia algo de oprimente naquele local. E algo de obscuro. Provavelmente era apenas a presença de Ratatoskr que privava o castelo de luz e alegria, ou talvez fosse a marca de tristeza que seu idealizador deixara na construção. Os lugares costumam se impregnar da alma de quem viveu neles.

Foi em frente, chegando a uma enorme sala ainda mais absurda que a anterior. Parecia estar em uma espécie de igreja que se dividia entre influências árabes e bizantinas. Acima viu uma abóbada pintada de um azul ofuscante, que retomava o azul-escuro violento de uma série de colunas. No centro do salão reinava um lustre imenso, dourado, crivado de pedras preciosas. O mármore no chão brilhava de um jeito incrível, e as paredes, mais uma vez, eram uma profusão de ornamentos de todos os tipos, intricados, asfixiantes, onipresentes. Fabio não conseguiu deixar de olhar em volta: sentia-se esmagado por toda aquela opulência e se perguntou que tipo de pessoa podia ficar à vontade em um lugar daqueles. Ele se incomodava até com o papel de parede florido em um dos orfanatos que o abrigara.

Continuou assim, de sala em sala, cada vez mais oprimido pelos enfeites de madeira, pelos afrescos, pelos adornos sempre mais excessivos. Diante dele, como a batida de um coração escondido, o ruído dos passos de Ratatoskr, que ia veloz em direção à própria meta.

Fabio passou por uma sala com uma cama de dossel, a madeira ornada com cerradíssimos frisos. Algum artesão deve ter perdido a vida à força por esculpir detalhes cada vez mais finos. Como se não bastasse, acima da cama fechavam-se cortinas pesadas de um tecido grosso. Aquele leito lembrava um caixão. Então, em um canto, viu algo que chamou sua atenção: era uma espécie de sacada suspensa sobre o vale, com uma mesinha e uma cadeira. Das janelas era possível observar as montanhas. Fabio avançou devagar, quase religiosamente, e aproximou-se. O panorama tirou seu fôlego. Era um lugar para pensar, perfeito onde se refugiar quando se cansasse das pessoas que não entendia, adequado exatamente a um sujeito como ele. Apoiou a mão no vidro gélido e contemplou a beleza do vale. Poderia ficar ali para sempre, deliciando-se na própria diversidade, refletindo sobre o próprio destino. Mas o eco dos passos de Ratatoskr, mais fracos agora, sacudiram-no. Ele o estava perdendo.

"Idiota, você está se distraindo sem motivo", disse a si mesmo, e retomou sua cautelosa perseguição.

Atravessou mais duas salas cheias de adornos, e acabou em um salão com colunas de mármore cândido e o teto todo coberto de madeira. De um lado havia a esplêndida escultura de cerâmica de um cisne. No mesmo folheto, Fabio havia lido que Neuschwanstein significava Nova Roca do Cisne, e que o cisne era justamente o animal preferido de Ludwig. Tentou não se perder em mais fantasias e prosseguiu em direção a uma porta levemente encostada. Foi como chegar a outra dimensão. Teve que esfregar os olhos para ter certeza de que não sonhava.

Estava em uma gruta. Havia estalactites e estalagmites, guirlandas de flores murchas sobre as paredes rochosas, uma espécie de pequeno altar com algumas velas. Além disso, aquela sala era iluminada, diferentemente de todas as outras. Eram luzes multicoloridas, vermelhas, amarelas, azuis. Fabio

# A roca solitária

não saberia dizer se era um panorama paradisíaco ou digno de um pesadelo. Tinha a inquietante sensação de ter atravessado uma espécie de portal dimensional, algo típico de romance de fantasia, e de ter acabado em um mundo à parte. Ouvia-se até o cascatear da água.

Avançou com cautela: de fato havia uma cascata, que terminava em um pequeno córrego. Mas nem sombra de Ratatoskr. Não conseguia sequer escutar o eco de seus passos.

Olhou ao redor, voltou à sala anterior e foi para a seguinte: Ratatoskr parecia ter se volatilizado. Ainda assim devia estar em algum lugar. Começou a tatear as paredes. Eram solidíssimas. Mas sem dúvida havia uma passagem secreta... Foi somente no fim que pensou na cascata. A ideia de se molhar com aquele frio não o atraía nem um pouco, mas não tinha escolha.

Enfiou-se debaixo d'água, fechando os olhos e tentando pensar em outra coisa. Ficou sem fôlego: estava mortalmente gélida. Esticou as mãos e prosseguiu tateando, mas perdeu a pegada e caiu para a frente, acabando em uma superfície escorregadia. Não teve tempo nem de se dar conta antes de cair, quase como se estivesse no tobogã de um parque aquático.

Tentou se segurar na rocha, mas deslizava demais. Não conseguia parar a queda desenfreada, que se tornava cada vez mais rápida e perigosa. Tinha vontade de gritar, mas estava com a boca cheia d'água. Foi o instinto que o salvou. O sinal se acendeu em sua testa, e seus braços viraram patas de dragão: uma explosão de centelhas encheu o túnel em que estava escorregando e, após dois metros, conseguiu parar segurando-se à rocha com as garras. Bem a tempo, porque debaixo dele havia uma espécie de laguinho pouco profundo, onde provavelmente se espatifaria. Desceu devagar, ofegando, e imergiu tentando não fazer barulho demais. Seu sacrifício foi recompensado: Ratatoskr se encontrava lá.

Estava de pé em um barco em forma de cisne. Parecia uma espécie de príncipe, com seu porte altivo. O barco avançava sozinho, cortando com elegância a superfície da água. Fabio seguiu-o, tentando não levantar respingos e não ser visto.

Ratatoskr parou no centro do pequeno lago e então se inclinou. Apoiou a mão na superfície da água e esperou. A palma se iluminou com reflexos violáceos, que logo se comunicaram com a água sob o barco. Fabio agachou-se contra uma parede de rocha.

Ratatoskr aguardou mais, a mão ainda pousada sobre a água e ainda luminosa. Então algo pareceu emergir das ondas. Em todo aquele roxo, desenhava-se uma luz azulada. Fabio sentiu-se atravessar por um calor docíssimo e experimentou uma inesperada sensação de bem-estar. Bastou pouco para que entendesse.

O fruto saiu da água flutuando no ar. Era de um azul magnífico, com o interior iluminado por reflexos de um azul-escuro fechado que turbilhonavam incessantemente. Fabio imediatamente o reconheceu: o fruto de Aldibah, o coração lhe dizia. Não podia mais esperar.

O sinal brilhou de novo em sua testa. Saiu da água, as mãos transformadas em garras, e logo asas de fogo brotaram em suas costas.

Jogou-se gritando contra Ratatoskr e interceptou o fruto antes que o inimigo pudesse pegá-lo. Assim que colocou as mãos nele, sentiu-se imediatamente melhor. As sequelas da desagradável imersão noturna desapareceram em um instante, e ficou cheio de vigor. Virou-se e lançou uma labareda em direção ao barco do adversário. A embarcação pegou fogo de imediato, e as chamas se propagaram em parte sobre a superfície da água. Mas Ratatoskr já tinha dado um pulo e estava no ar, envolvido por raios negros. Atirou-se com violência contra Fabio, e os dois caíram no lago. Lutaram debaixo d'água, enroscados um no outro, Ratatoskr circundado por seus relâmpagos pretos. Fabio sentiu uma dor lancinante atravessá-lo da cabeça aos pés, mas o fruto, que apertava na mão direita, ajudou-o a suportar e contra-atacar. Com as garras atacou com ferocidade o rosto do inimigo, no local em que já estava desfigurado pela cicatriz.

Ratatoskr gritou e soltou-se um pouco do corpo de Fabio, mas apertou a mão em torno de seu pescoço. Depois abriu os olhos, e uma risadinha pérfida iluminou seu rosto.

— Posso ficar aqui embaixo o tempo que eu quiser – disse, falando debaixo d'água –, mas você, o quanto pode resistir sem ar nos pulmões?

Apertou a pegada, e Fabio sentiu-se asfixiado. Os pulmões começaram a arder, o pânico o atormentou, e começou a se debater descomedidamente, tentando de todo jeito voltar à superfície, uma miragem que distava de sua mão, esticada para o alto, pelo menos um metro. E então, quando pensava que bastaria apenas mais um segundo lá embaixo e morreria, deu-se o impossível. Ratatoskr estendeu a mão livre e *tocou* o fruto. Encostou suavemente nele com os dedos, as polpas dos dedos se apoiaram em sua superfície, a palma aderiu sobre ele. E não aconteceu nada. Sua pele não começou a queimar, seu rosto não foi distorcido pela dor. Nada. Ratatoskr podia suportar o poder do fruto.

Fabio permaneceu petrificado pelo horror, mas depois foi o instinto de sobrevivência que o salvou. Mexeu uma de suas garras e afundou-a na mão que apertava seu pescoço. Ratatoskr soltou um berro e voltou à tona, ligeiro. Fabio também reconquistou a superfície, e sua primeira respiração assim que ficou fora da água foi ao mesmo tempo doce e terrivelmente dolorosa. Acabou de novo submerso, depois voltou à superfície e respirou de novo. Mas não teve tempo de se recuperar completamente. Ratatoskr rodopiava sobre ele, o fruto apertado nas mãos.

# A roca solitária

– Você não esperava por isso, não é? Mas não espalhe a notícia.

Fechou os olhos, e o fruto brilhou em seus dedos. Uma luz ofuscante encheu a sala, e a água logo se tornou fervente. Fabio sentiu-se queimar e berrou com todo o fôlego que lhe restava. Então, enquanto tudo se dissolvia em uma candura cegante, perdeu-se em si mesmo.

# 17
# À mesa com o inimigo

Sofia foi sacudida por um arrepio.

Não soube explicar por quê, mas foi tomada por um pressentimento. "Fabio", pensou com amargura. "Não tenho que me deixar sugestionar, mas sinto que está em perigo."

Continuava esfregando as mãos, apreensiva. Havia sido uma noite horrível. O que tinham feito com Nida, a descoberta de que Effi era uma espiã e aquela última cena... Ao lado dela, Karl tremia enrolado em uma coberta.

– Você vai ver que o professor vai ajeitar tudo – disse-lhe ela. – Ele sempre tem uma solução.

– Ela... ela não me reconhecia – gaguejou o menino, como se falasse consigo mesmo. – Parecia olhar através de mim. Esta noite, como sempre, tinha vindo ao meu quarto me dar boa noite. E me disse: "Durma tranquilo, eu o velo de lá..."

Sofia sentiu um aperto no coração. Isso era Nidhoggr. Lembrou-se da vez em que tivera que combater contra Lidja, no início de sua missão. Para Karl devia ter sido infinitamente pior.

– Vai acabar logo, você vai ver. Vamos colocar as coisas de volta no lugar, você não deverá mais ter medo.

– Ela sumiu... ela não existe mais – murmurou Karl.

– Está no outro cômodo com o professor – objetou Sofia. – Effi não está perdida. Ele a salvará.

Nesse momento, Effi e Schlafen saíram da sala de estar depois de terem acabado de examinar o que sobrava do casulo preto.

Para Sofia, foi suficiente um olhar para entender. Ela se aproximou do professor.

– Ela precisa de você – disse, corando levemente.

O professor sorriu.

– Você está realmente crescendo – sussurrou-lhe, apertando-a ao peito. – Tenho certeza de que logo vamos rever Fabio também. Vou descobrir onde está.

Sofia parecia desorientada.

– Há uma coisa que não consigo explicar para mim mesma – confessou. – Se a Effi do passado está morta, sua versão do futuro também deveria estar.

– Observação correta, mas não funciona assim – disse o professor. – Ao viajarmos para trás, demos vida a uma nova linha do tempo. A Effi do passado é um ser distinto da Effi do futuro, porque, no momento exato em que voltou no tempo, concretizou um segundo futuro possível, e com ele uma outra si mesma, entre o número infinito daquelas potenciais.

– É como se houvesse sido criada outra realidade, paralela àquela de onde viemos – interveio Effi. – Nesta realidade, eu não morri. Por isso ainda estou aqui. – Calou-se por alguns instantes, olhando o horrível casulo preto que ficou no lugar da outra Effi. – Sabe, se Nidhoggr não a tivesse matado, eu teria cuidado disso. Mesmo que me custasse a vida – acrescentou, fria.

– Effi, não é culpa sua – tentou consolá-la o professor.

A mulher levantou para ele dois olhos azuis cheios de dor.

– Pelo contrário, é, sim. Eu deveria ter resistido.

– Acho que é um método novo de sujeição ao qual não é possível se opor. Você não tinha escolha.

– Isso é o que você pensa – disse ela, baixando o olhar.

O professor acariciou seus cabelos para confortá-la.

– Analisei o casulo preto. É uma minúscula serpe, eu nunca tinha visto nada desse tipo. Intoxicou sua alma aos poucos e deu a Nidhoggr a possibilidade de controlar você. É um sistema mais eficaz do que os habituais enxertos metálicos que usa para tornar os humanos escravos. Foi obrigado a se servir dele justamente porque você resistiu, porque é uma Guardiã.

– Você quer dizer que é esse o motivo pelo qual eu ajudei vocês a salvar Karl, embora poucos dias antes eu tivesse contribuído para matá-lo? Estou enlouquecendo, não sei mais quem sou... Nida me destruiu, me tornou indigna da missão que fui chamada a realizar.

– Effi, sua mente removeu o que você fez porque teve consequências graves demais. Apenas no momento em que o crime foi cometido uma parte de você se deu conta realmente do que estava fazendo com seu protegido e rejeitou isso. Uma parte de você, animada pelo amor por Karl, nunca foi completamente sujeitada, mas a outra se submeteu ao desejo de Nida. Por isso a Effi do passado foi capaz de nos apoiar, mas também de atentar contra a vida de Karl.

– Como você se sentiria se soubesse que traiu? – insistiu ela.

– Você não traiu.

– Vi como me olhou quando Nida me acusou. Você... – Engoliu em seco, buscando a coragem. – Você acreditou nela. Você achou mesmo que eu tinha feito aquilo de minha vontade.

O professor pegou suas mãos e apertou-as com força.

– Effi... eu estava confuso... O mundo em que eu e você vivemos é um lugar terrível, você sabe.

Aprendemos desde o início a não confiar em ninguém, a desconfiança nos foi inculcada desde sempre, e infelizmente a missão vem antes de tudo. Foi por isso que tomei algumas precauções. Me perdoe – sussurrou-lhe. – Tive medo de que você estivesse perdida.

Effi o abraçou forte, afundando o rosto em seu peito.

– E agora? – disse baixinho.

– Agora tenho que descobrir onde está a serpe dentro de você e tirá-la. Nidhoggr poderia retomar o controle sobre sua mente. Devemos removê-la, mas pensaremos nisso amanhã de manhã. Uma operação desse tipo exigirá todas as nossas forças, e agora estamos exaustos.

Effi soltou-se dele.

– Acha que é possível?

Schlafen concordou com convicção.

– Vou salvá-la a qualquer custo, Effi. Preciso de você.

No dia seguinte, prepararam tudo no quarto. Levaram a mesa de madeira da sala para lá e deitaram Effi em cima dela. Ela vestia apenas calcinha e sutiã, para deixar descoberto o máximo de pele possível. Estava pálida como um cadáver, e suas mãos eram sacudidas por um leve tremor. O professor lhe sussurrou algo segurando firme sua mão, e ela engoliu em seco, concordando.

# À mesa com o inimigo

Pela primeira vez, Sofia não se sentiu nem com ciúme, nem irritada diante daquela cena. O que Effi passara a tornara finalmente uma igual, digna de compaixão. Agora compreendia o laço que se estabelecera entre ela e o professor, duas almas semelhantes, igualmente esmagadas pelo peso de uma missão horrível, que exigia deles sacrifícios enormes. Era normal que se solidarizassem, era normal que tivessem acabado – sim, agora podia admitir isso – se amando. E agora a única coisa que importava era salvar Effi.

Karl estava com eles em volta da mesa, pálido também, mas com um olhar decidido.

– O que quer que a gente faça, professor? – perguntou Sofia.

O professor Schlafen mostrou a eles o casulo preto com a serpe minúscula.

– Este é o novo instrumento com o qual Nidhoggr sujeitou Effi. Um elemento semelhante deve estar nela também – disse, apontando para a mulher deitada na mesa. – Para mim, porém, identificá-lo é impossível.

– Mas você disse que podia salvá-la! – rebelou-se Karl.

– *Eu* não sei como procurá-lo, mas vocês, sim. O sangue de Nidhoggr reage ao poder dos Draconianos. Os influxos benéficos de vocês o ativam, neutralizando o efeito dele. Quero que usem seus poderes sobre Effi, de modo a identificar o embrião da serpe e eliminá-lo.

— E na prática o que devemos fazer?

— Evocar seus dragões exatamente como quando procuram os frutos e pôr as mãos em cima de Effi. Eu verei o embrião da serpe e serei capaz de extraí-lo.

Os dois garotos concordaram. O professor inclinou-se novamente sobre Effi e falou com ela em alemão, baixo:

— Vai ser doloroso. Por isso vou adormecer você – sussurrou, ainda segurando sua mão.

Effi concordou.

— Confio em você, Georg. Sempre.

Ele lhe deu um beijo fugaz na testa e depois tirou da bolsa um frasco que continha um líquido denso. Despejou-o em um lenço molhado e o apoiou sobre a boca da mulher. Os dois se olharam por um longo tempo nos olhos, com uma confiança absoluta um no outro. Então ela abaixou as pálpebras aos poucos e deslizou em um sono profundo.

— É a vez de vocês. Concentrem-se – disse o professor.

Os sinais brilharam nas testas dos meninos. Um poder quente e benéfico encheu o cômodo e quase dissolveu a tensão, palpável, que se formara. Sofia foi a primeira a pôr as mãos sobre o corpo de Effi. Depois coube a Karl.

Demorou um pouco, mas quando os dois Draconianos evocaram seus poderes, a pele de Effi tornou-se diáfana, tornando possível olhar o que havia embaixo. No lugar de veias, sangue e ossos, via-se um fluxo de energia que escorria através dos membros, uma torrente âmbar que parecia dar seiva àquele corpo.

– Nós que pertencemos à Árvore do Mundo em parte compartilhamos sua natureza. O que vocês veem é o fluxo da seiva que nos anima e nos dá vida – explicou o professor.

Os Draconianos continuaram a passar as mãos sobre o corpo adormecido de Effi. A seiva parecia seguir o movimento lento de seus dedos. Depois o peito teve um espasmo, e os dois experimentaram uma sensação desagradável, como um obstáculo que interrompia o fluxo de energia que de cada um deles fluía em direção à mulher.

– Aí está ela – disse o professor.

Até aquele momento, tudo estivera escuro para Effi. O anestésico fizera efeito quase imediatamente, e ela perdera a consciência muito depressa. Mas de repente, aquele nada se acendeu de cores e sensações desagradáveis. Aos poucos as formas vagas e indefinidas foram se delineando em algo mais concreto. A imagem de um café, uma mulher sentada a uma mesa diante de uma xícara de cappuccino fumegante e um grande biscoito de chocolate. Do lado de fora, a neve caía densa. A mulher estava sozinha, comia devagar, beliscando o biscoito e fitando as preguiçosas espirais de fumaça que se levantavam da xícara. A mulher era ela, Effi.

## A Garota Dragão

Lembrava-se daquele dia. Um dos muitos de solidão pensativa que vivera em todos aqueles anos, desde que tivera a consciência de quem era. Sozinha em casa, com os pais que não a entendiam, que primeiro a olhavam preocupados, depois alheios, como se não conseguissem se conformar em ter uma filha *diferente*. Sozinha nos médicos, que tentaram de todos os jeitos dar um nome às suas visões. Sozinha em seu quarto, quando se dera conta de que nunca poderia falar com ninguém sobre seus sonhos, que nunca encontraria ninguém como ela.

Jogara-se de corpo e alma na missão, e, quando encontrara Karl, ele se tornara sua razão de vida, à qual tinha se dedicado completamente. Sempre aceitara aquele destino, nunca se lamentara. E então por que naquela noite se sentia tão mortalmente cansada? Por que mais uma vez fugira de casa, deixando Karl sozinho, e começara a vagar sem destino pela cidade coberta de neve?

Diante dela, um casal feliz trocava carinhos a uma mesa. Para ela nunca existiria nada parecido. Porque era diferente, e porque a missão sugava todas as suas energias. Treinar Karl e procurar o fruto não deixavam espaço para mais nada. E, depois, como tecer relações autênticas e profundas com alguém a quem não podia falar de Nidhoggr, de Dracônia, de tudo o que corria logo abaixo da superfície do mundo habitado pelos outros, pelos *normais*? Impossível. Karl era o único que podia entendê-la e precisava dela. Era o horizonte de sua vida, um horizonte que dia após dia – não conseguia confessar isso nem a si mesma – tornava-se mais estreito e oprimente. Amava cuidar dele, mas às vezes sentia falta de uma vida normal, sem as responsabilidades que tinha agora.

A porta se abriu, e ela entrou. Vestia roupas estranhas, masculinas, ainda assim tinha um rosto lindo e um porte feminino. Os cabelos eram loiríssimos, cortados muito curtos, e sua face suscitava simpatia.

– Você me chamou? – perguntou em um inglês perfeito.

Effi concordou. Já a havia encontrado. Uma noite no metrô, enquanto perambulava pela cidade, como acontecia com cada vez mais frequência nos últimos tempos. A atmosfera opressora da casa tornava-se intolerável para ela, e então, quando Karl adormecia, saía e andava sem destino, até o gelo congelar seus pensamentos também e aquela melancolia ir embora.

Ela se aproximara.

– Sei como você se sente. Como se esse túnel, como se essa cidade estivesse se fechando em cima de você como uma tumba – dissera. Effi a olhara espantada. – E sei que acha que ninguém é como você, que ninguém, nem o menino, nunca poderá compartilhar seu fardo com você.

– Quem é você? – perguntara a ela, pálida.

– Uma semelhante. – A garota loira sorrira. – Você não está condenada. Existe uma escapatória, um jeito de ser como todos os outros. Não é você, Effi, é o peso que colocaram em cima de você que não consegue mais suportar.

Haviam se visto outras vezes. Aquela menina surgia do nada, e os encontros sempre pareciam casuais. Mas o que lhe dizia abria espaço dentro dela. Ela *sabia*. E lhe prometia que poderia fazê-la esquecer tudo, que poderia torná-la como os outros. Livre.

Nida lhe sorriu.

– Está pronta?

Ela lhe dissera alguns dias antes:

– Quando estiver cansada demais, quando estiver convencida de que eu realmente posso lhe dar a paz, me chame. – E naquela noite, enfim, ela o fizera. Escolhera confiar em uma mulher que nem sequer conhecia. Porque àquela altura tudo havia se tornado pesado demais.

– Sim – respondeu baixinho.

O casulo, pretíssimo, transparecia embaixo do peito de Effi e parecia bloquear o fluxo da seiva que atravessava seu corpo, sacudido por terríveis espasmos.

O professor pegou alguma coisa da bolsa, um objeto que era algo entre um estetoscópio e um detector de metais. Passou-o no esterno de Effi e atraiu o casulo para si. Então, aos poucos, deslocou-o para o alto, para a garganta; aquilo parecia exigir

# À mesa com o inimigo

um esforço terrível dele. Effi continuava a se sacudir embaixo dele, mas o professor não desistiu até que o casulo emergiu da boca da mulher. Então o segurou com dois dedos e o puxou para fora, jogando-o no fundo do quarto. O corpo de Effi parou imediatamente de se mexer, e os Draconianos cessaram de invocar seus poderes. Estavam todos exaustos, as testas cobertas de suor.

– Está salva – murmurou o professor. – Está salva.

Ninguém notou a lágrima escorrendo do canto do olho de Effi.

# 18
# Lá onde tudo começou

Foi o frio que o despertou. Pungia-o de todos os lados, como se duendes armados de pequenas lanças se divertissem alfinetando-o em toda parte. Abriu os olhos e viu acima a abóbada de uma gruta. Demorou um pouco para se dar conta do que tinha acontecido e onde estava.

Sentia a água sacudindo em volta de seu rosto e atenuando qualquer barulho. Essa consciência trouxe com ela todas as outras recordações: o combate com Ratatoskr e a cena do inimigo não apenas tocando o fruto, mas *usando-o*.

Fabio levantou-se e olhou ao redor. Ainda estava na gruta e havia permanecido inconsciente por sabe-se lá quanto tempo, estendido nas rochas lambidas pela água. Aproximou-se das paredes, os músculos doloridos pelo frio e pelo cansaço da batalha. Batia os dentes e tremia. Inspecionou os recifes artificiais até encontrar uma fresta da qual a água defluía em um grande buraco. Era a única possibilidade de sair dali. Considerou que havia espaço suficiente para respirar, pelo menos naquele primeiro trecho, mas nada lhe garantia que mais à frente aquele riacho não se tornaria subterrâneo e que a esperá-lo não estivesse a morte por afogamento. Em todo caso, não tinha escolha e se enfiou no orifício.

A água o arrastou, veloz e tumultuosa, até finalmente uma claridade difusa vazar entre as rochas. O córrego desembocou no meio das montanhas, jogou-se em uma pequena cascata e acabou em uma nascente rodeada por picos cobertos de neve. Com as últimas forças, Fabio conseguiu içar-se para fora, sobre a rocha nua. Era o crepúsculo, sinal de que havia ficado inconsciente o dia todo, perdendo um tempo precioso. O fruto nas mãos do inimigo devia ser dotado de um poder devastador para tê-lo deixado nocauteado por tanto tempo. Sabe-se lá o que estava acontecendo com os outros. Tinha que ir até eles o mais rápido possível e lhes contar o que havia descoberto. Só lhe restava um modo de ir embora, mas precisava esperar que escurecesse.

Sentou-se e tentou recuperar as forças: estava fraco e cheio de feridas, agora via com clareza.

Somente quando a noite caiu ele decidiu evocar Eltanin. Custou-lhe muito esforço, mas enfim as asas apareceram em suas costas. Deu um salto e estava no céu. Agora a única coisa que podia fazer era voar com todas as suas forças em direção a Munique, em direção a Schlafen, Sofia e os outros.

Depois de terem se recuperado dos esforços do rito, à tarde todos haviam voltado ao apartamento de Effi, onde Nida ainda estava deitada no chão, presa na rede e vigiada por Lidja.

Effi, prostrada, fechara-se em seu quarto, e Karl também se recolhera no dele, extenuado pelas últimas emoções. O professor preparara uma xícara de chá e estava na cozinha bebericando-o devagar, pensando no movimento seguinte. Somente Sofia não conseguia se acalmar. Todos os seus pensamentos eram para Fabio. Não tinha parado de se angustiar por ele nem um instante. A ideia dele em perigo, machucado – não conseguia nem imaginar isso –, morto, a fazia enlouquecer. As pernas suplicavam que saísse e se pusesse a procurá-lo pela cidade.

Era noite quando alguém bateu à porta. Sofia estremeceu. Não tinha ideia de quem pudesse ser e ficou imóvel.

Bateram de novo, desta vez com a mão aberta, na madeira.

Lidja e o professor apareceram cautelosos no corredor, mas foi ela quem avançou, o sinal brilhando em sua testa. Se fosse algum inimigo, estaria pronta para recebê-lo.

## Lá onde tudo começou

Abriu com prudência e o viu. Pálido, esgotado, as roupas meio rasgadas. Tremia muito e se apoiava ao umbral.

– Você é surda ou o quê? Trago novidades!

Sofia nem o deixou terminar e pulou no pescoço dele, apertando-o com desespero.

– Eu estava tão preocupada! Jure para mim que não vai mais fazer isso, jure!

Fabio ficou aturdido por alguns segundos e, depois, com delicadeza, apertou os braços em volta das costas dela. Era menor do que se lembrava.

– Estou... estou bem... – disse, então se soltou do abraço e olhou-a nos olhos. – Aconteceu uma coisa grave: Nidhoggr está com o fruto.

Ouviram o relato de Fabio com atenção, incrédulos. Sofia ainda sentia arrepios enquanto o escutava falar do embate em Neuschwanstein e olhava seu rosto cheio de arranhões. Mas a parte mais surpreendente da narrativa ainda estava para chegar.

– Ratatoskr usou o fruto contra mim – anunciou Fabio, seco.

O professor irrompeu em uma exclamação em alemão.

– Não é possível! Nida não podia nem chegar perto dele com os dedos, lembro bem – objetou Sofia. – O fruto deriva da Árvore do Mundo, e uma serpe que se afastou das leis da natureza nunca poderá desfrutar desse poder.

– Eu sei bem o que vi – reforçou Fabio, decisivo. – Ele usou o poder do fruto. Foi um dos piores momentos da minha vida, eu juro. Achei que fosse morrer.

– Em todo caso, temos uma certeza – disse o professor. – O poder do fruto nunca poderá se manifestar plenamente nas mãos de Nidhoggr e seus seguidores, e portanto nunca poderá ser usado para matar vocês.

– Sei apenas que desmaiei e fiquei inconsciente o dia inteiro.

– Mas não morreu.

Fabio olhou o professor com ar interrogativo.

– A menos que se corrompa a natureza deles, coisa que não considero possível, os frutos são portadores de um poder benéfico, que não pode matar os Draconianos. Vocês são feitos da mesma matéria, e por isso um ataque desferido com o fruto, por mais que seja devastador, poderá feri-los ou nocauteá-los, mas não conseguirá tirar a vida de vocês. É essa a razão por que você sobreviveu.

– Pode até ser verdade, professor, mas resta o fato de que agora os nossos inimigos sabem usar os frutos e podem tocá-los – comentou Sofia.

– Sem contar que agora aquele sujeito tem o fruto de Aldibah nas mãos, e nós estamos praticamente no ponto de partida – acrescentou Fabio.

O professor ficou pensativo.

– Mas temos Nida. É ela a chave para chegar a Ratatoskr e ao fruto.

## Lá onde tudo começou

– Então deu certo! – Fabio se iluminou.

Coube a Sofia lhe contar o que tinham feito, e ele ouviu sem se horrorizar, ou melhor, com uma íntima e evidente satisfação.

– Portanto eu estava certo – disse ao professor Schlafen com olhar de desafio.

– De todo modo, eu teria preferido agir de outra maneira – replicou ele.

– Isso é uma guerra, não podemos nos permitir remorsos.

– É uma guerra que vamos perder se nos esquecermos da piedade – afirmou o professor.

Fabio fitou-o espantado, mas não cedeu.

– O caminho agora está traçado, e a única alternativa que temos é segui-lo. Nida nos levará a Ratatoskr. Temos que interrogá-la de novo.

Abriram a porta do quartinho de despejo: Nida estava deitada exatamente onde a haviam deixado, entre vassouras e panos. Ainda estava aturdida, imobilizada pela rede dourada. Olhou-os com desprezo, depois deteve o olhar por um longo tempo em Effi.

– O que fizeram com você? – perguntou-lhe ela.

– Ela não pertence mais a você – disse o professor, pondo-se entre a vilã e a mulher.

Então pegou novamente o filtro da bolsa. Nida tentou se debater, tanto que Lidja e Fabio tiveram que intervir para mantê-la parada, enquanto Schlafen a fazia engolir a poção.

Schlafen se agachou em frente a ela e começou a interrogá-la com voz firme:

– Onde está o fruto? Onde Ratatoskr o está levando?

Nida balançou a cabeça.

– Não sei, eu disse a vocês que trabalhamos separados. Ele cuidou de tudo, do medalhão, das visões de Karl... eu só dei a ampola a Effi.

Os Draconianos trocaram olhares interrogativos.

– Do que você está falando? Que medalhão?

– Nosso Senhor nos entregou um antigo artefato encontrado no coração do vulcão Katmai depois de milênios de buscas. A lenda narrava sobre um poderosíssimo talismã capaz de penetrar na mente dos Draconianos e retirar as visões deles. Um instrumento decisivo para a luta contra Thuban, que nos garantiria a vitória. E finalmente o encontramos. Em um pequeno nicho escondido dentro do medalhão estava guardada uma ampola. Graças ao fornecimento de seu conteúdo, as visões do Draconiano são roubadas de sua mente e projetadas sobre a superfície do talismã, revelando pistas sobre a posição do fruto. Sabemos que cada Draconiano está em contato com o próprio dragão, assim dei a ampola a ela. – Nida indicou Effi com o queixo. Sorriu. – Ela fez o garoto bebê-la por várias noites, despejando algumas gotas no leite antes de ele ir dormir.

Effi cerrou os punhos, empalidecendo.

– As coisas foram até melhores do que o previsto – continuou Nida com o mesmo sorriso zombeteiro. – Porque Aldibah tem uma capacidade superior de se comunicar com o próprio protegido e uma ligação tão profunda com o fruto a ponto de poder senti-lo onde quer que esteja. Uma faculdade que os outros dragões não possuem. Assim, cada vez que Aldibah surgia nos sonhos do garoto, nós roubávamos aquelas visões, que apareciam no medalhão de Ratatoskr. Sabíamos que em uma dessas noites o Draconiano teria a versão definitiva, porque faltavam pouquíssimos detalhes sobre a posição do fruto.

O professor contraiu a mandíbula até fazer os dentes rangerem.

– Você ainda não me respondeu. Onde está o fruto?

Nida olhou-o, sinceramente espantada.

– Você não entendeu? Não sei onde está. Meu Senhor confiou o medalhão a Ratatoskr e só ele viu a última pista, a resolutiva. E agora vocês estão encrencados, oh, como estão encrencados. Porque o menino ainda está vivo, mas o fruto a essa altura é nosso!

– E como Ratatoskr conseguiu tocar no fruto? – perguntou Fabio.

– É tudo mérito do filtro contido no medalhão. Ratatoskr bebeu uma gota dele e agora possui parte dos poderes dos Draconianos, embora tocar o fruto consuma suas energias.

– Quanto dura o efeito do filtro? – perguntou o professor.

– Para sempre – respondeu Nida incisiva.

– Maldição... – improcou Fabio.

– Você disse que Aldibah sente o fruto onde quer que esteja, não é?

Nida concordou, com o ar espantado de uma criança.

O professor levantou-se de um pulo.

– Então Aldibah pode senti-lo agora também! – exclamou. – Karl – acrescentou, olhando o menino com decisão –, cabe a você.

– Não consigo – concluiu Karl, suado e pálido. Tentara algumas vezes localizar o fruto, mas a tarefa lhe parecia ingrata: as visões sempre surgiam para ele apenas em sonho, e não conseguia evocá-las acordado.

– Talvez você não esteja se empenhando ao máximo – disse Fabio.

Karl olhou-o, ofendido.

– Garanto a você que estou tentando com todas as minhas forças. E de fato começo a enxergar alguma coisa, mas, assim que a visão clareia, ela é imediatamente ofuscada por uma nuvem preta.

Então o professor se dirigiu aos outros garotos:

– A presença de mais Draconianos deveria aumentar o poder de cada um. Acho que esta é uma tarefa que Karl não pode finalizar sozinho. É necessária a ajuda de vocês.

# Lá onde tudo começou

Os três ficaram atentos.

– O que temos que fazer? – perguntou Lidja.

– É evidente que a poção ainda está bloqueando as visões de Karl. Minha ideia é que vocês, aproveitando-se das capacidades telepáticas de Lidja, possam ajudá-lo a se opor ao efeito dela.

– Professor, não sei se sou capaz de fazer uma coisa desse tipo... – objetou ela. – Tudo bem, meus poderes estão mais fortes agora, e tenho uma certa dose de... não sei como definir... empatia com as pessoas, mas entrar na mente de alguém é completamente diferente.

– Lidja, estamos desesperados. O inimigo está com o fruto, e o tempo que a clepsidra nos concedeu está para acabar. Na realidade de onde viemos, Karl morrerá daqui a algumas horas. Não temos escolha. E eu *sei* que você pode conseguir.

Sofia apoiou a mão em cima da mão da amiga.

– E além do mais você não está sozinha. Nós estamos aqui para ajudá-la. Não é? – disse, virando-se para Fabio.

O menino concordou brevemente, quase de má vontade.

Lidja suspirou e fechou os olhos.

Quando os abriu, havia uma nova decisão em seu olhar.

– Tudo bem. Estou pronta.

\* \* \*

Sentaram-se no chão de pernas cruzadas, formando um triângulo. Karl estava no meio deles, com as mãos de Sofia, Lidja e Fabio apoiadas em seus ombros. Tinham apagado a luz para favorecer a concentração, e o que iluminava a escuridão eram apenas os sinais em suas testas.

No início não aconteceu nada. Nenhum deles sabia exatamente o que fazer uma vez estabelecido o contato com o próprio dragão.

– É tudo como antes... – Karl se lamentou.

– Concentrem-se – exortou-os o professor – e confiem.

Sofia recolheu-se em si mesma, procurando Thuban nas profundezas da própria alma. Encontrou-o, verde e esplendente, pronto como sempre para atender ao seu chamado. Viu seu rosto antigo e sábio, sentiu que sorria para ela.

*Entregue-se a mim, eu sei como fazer.*

Percebeu um novo poder fluir de suas mãos e penetrar aos poucos no espírito de Karl. Viu o corpo do garoto percorrido pelas mesmas linhas de luz que vira quando tinham salvado Effi do controle de Nidhoggr. Mas a seiva que corria naquelas veias secretas estava opaca, envenenada por algo que apagava sua luz.

– Eu o vejo – disse de olhos fechados. – Vejo o veneno. Vamos, me ajudem – acrescentou, falando com Fabio e Lidja. – Não é difícil. Basta visualizarmos o fluxo interno da seiva e usarmos nossos poderes para contrastar o veneno.

Hesitantes, os outros dois seguiram seu conselho. Lidja tentou penetrar na mente de Sofia. De início enxergou apenas uma nuvem indistinta, mas aos poucos a visão clareou. Era como se mover no corredor de um hotel, só que parecia infinito, e as portas que surgiam se multiplicavam a cada passo. Rente ao chão pairava uma espécie de fumaça negra que tornava tudo confuso, até que algo começou a serpentear no piso: uma luz verde e benéfica, diante da qual a fumaça recuava, dissolvendo-se devagar no ar.

À luz verde logo se somou outra, dourada e mais agressiva, e a fumaça saiu mais rápido. Lidja finalmente sentiu aonde ir. Era como seguir um percurso sinalizado, como deixar-se guiar por pistas invisíveis. Avançou pelo corredor, primeiro incerta, depois cada vez mais decidida, até chegar diante de uma porta idêntica às outras. Ainda assim sentia que era *aquela* porta.

Colocou a mão na maçaneta, mas estava bloqueada.

– Insistam – disse para Sofia e Fabio –, estou quase lá.

As luzes verde e dourada envolveram a porta, forçando a fechadura. Lidja empurrou a maçaneta, mas Karl estava cada vez mais exausto. Empurrou, e empurrou de novo, e as duas luzes empurraram junto com ela. Então, em um único golpe, a porta sumiu, e diante de Karl abriu-se uma visão nítida e luminosa.

Era Ratatoskr que avançava pela Kaufingerstrasse, uma bolsa de veludo pendendo de seu braço. Marienplatz era algumas centenas de metros mais à frente. A visão se dissolveu em miríades de centelhas, e Karl sentiu a cabeça leve, enquanto seu corpo se tornava incrivelmente pesado. Ouviu o barulho de uma queda e muitas vozes exaltadas. Quando abriu os olhos, todos estavam debruçados em cima dele.

– Você está bem? – Sofia lhe perguntou, preocupada.

Karl concordou e tentou se levantar.

– O fruto... sei onde está – disse, ainda ofegante por causa do esforço. – Ratatoskr o está levando para Marienplatz. Se voarmos, podemos alcançá-lo em pouco tempo.

– Marienplatz – disse baixinho o professor. – Lá onde tudo começou... ou terminou, dependendo do ponto de vista. A história se repete.

# 19
# O preço

A praça estava deserta, varrida por um vento gélido. Sofia se perguntou se também estava assim na noite em que Karl morrera. Por que, apesar de tudo que haviam feito e apesar de tudo que havia acontecido, estavam naquele lugar, à mesma hora e no mesmo dia? Como uma espiral maldita, o tempo os enganara, fazendo com que acreditassem que as coisas tivessem mudado apenas para conduzi-los exatamente ao ponto de partida, onde tudo havia começado.

Até Karl estava ali com eles. Tinham tentado fazê-lo desistir: se haviam voltado no tempo e arriscado tudo, era justamente para salvá-lo. A coisa mais sensata teria sido deixá-lo em casa, em segurança. Mas não houvera argumentos.

– Não podem me pedir para ficar aqui, não depois de tudo que Nidhoggr fez comigo e com Effi.

Tenho uma conta para acertar com nossos inimigos, já é pessoal. E estou certo de que ninguém pode escapar do próprio destino: tenho que encará-lo, ou voltará para me buscar, de um jeito ou de outro. Além do mais, sou um Draconiano, um de vocês: meu lugar é na batalha.

E assim Karl os acompanhara até Marienplatz. Haviam ido imediatamente, forçando ao máximo a capacidade de suas asas. Ratatoskr ainda não tinha chegado.

– O tempo resiste à mudança – disse Lidja baixinho

Fabio virou-se com ar interrogativo. Estavam todos lá, os Draconianos na linha de frente e os Guardiões na retaguarda.

– Acho que é por isso que estamos aqui de novo, e justamente nesta data. O professor nos explicou: o tempo não quer ser mudado, tende a se dobrar sobre si mesmo – continuou Lidja.

– Está querendo dizer que não vamos conseguir? – perguntou Sofia.

– As coisas já mudaram – replicou Fabio. – Agora é Ratatoskr que devemos enfrentar nesta praça, e não Nida. O destino não está escrito.

Sofia gostaria de ter a mesma segurança dele, mas estava aterrorizada.

Escondidos embaixo das arcadas do Rathaus, enfim o viram.

# O preço

Ratatoskr surgiu de uma das ruas que confluíam na praça, avançando devagar, com a habitual elegância. Vestia um sobretudo verde de lã, no feitio dos que se usam na Baviera, e um cachecol branco comprido drapeado sobre um dos ombros. Trazia uma bolsa de veludo, que usava a tiracolo. A forma não deixava dúvidas sobre o conteúdo: dentro dela estava o fruto. Sofia sentiu o coração acelerar os batimentos. Ao lado dela, Fabio arreganhou os dentes. Chegara a hora do acerto de contas, sentia isso. Desta vez, nada nem ninguém poderia detê-lo.

Haviam cometido um erro imperdoável. Deixar Nida sozinha, lá dentro, era imprudente. Mas matá-la assim, a sangue-frio, estava fora de cogitação. Os Draconianos se comportavam de modo diferente, não agiam como os servos de Nidhoggr. Sem contar que, para proteger Karl, precisavam de todas as forças disponíveis.

Nida moveu-se devagar. A rede queimava, claro, mas, agora que todos tinham ido embora e o efeito da poção soporífera estava se esgotando, deixando-a mais atenta, podia entrar em ação. Seus inimigos não sabiam disto: não somente Ratatoskr tinha bebido algumas gotas da ampola guardada no medalhão, mas ela também. E isso a fizera adquirir parte do poder dos Draconianos, tornando-lhe possível se livrar daquela rede maldita. Claro, ela precisaria de muito tempo, mas começara a trabalhar nisso quando a fecharam no quartinho de despejo, e aos poucos a corda começava a ceder em alguns pontos, enquanto a seiva se consumia queimando devagar. O cheiro de resina e limpeza que emanava enquanto se esvaía no ar em espirais finas lhe dava náuseas.

Tinha pouco tempo antes do horário marcado com Ratatoskr. Sabia que, recuperado o fruto, deveriam se encontrar em Marienplatz e atrair Karl para uma armadilha, instilando em sua mente uma visão da praça e do fruto. Mas isso antes que os Draconianos e seus Guardiões estragassem tudo.

Tinha que alcançar Ratatoskr a todo custo: ele não seria capaz de derrotar sozinho quatro Draconianos.

Uma a uma, as malhas da rede cederam devagar, até que a última também se rendeu. As chamas explodiram em volta do corpo de Nida, incinerando o que restava de sua prisão. Todos os músculos do seu corpo doíam, mas ainda tinha boa parte de suas forças. Estava pronta para combater. Arrombou uma das janelas e em um instante se achava fora, em uma profusão de estilhaços de vidro. Então estava no céu, pronta para lutar de novo, e de novo em Marienplatz. Tudo aconteceria exatamente como devia, lá, no coração de Munique.

Ratatoskr parou debaixo da coluna que sustentava a estátua dourada de Nossa Senhora, quase no centro da praça. Apoiou as costas na base e tirou o

## O preço

fruto da bolsa, sopesando-o satisfeito. Olhou ao redor: não havia ninguém. Nem Nida, constatou com preocupação.

Os Draconianos esperaram, tentando refrear seus poderes o máximo possível.

– Se desencadearmos uma batalha aqui, no meio da praça, vamos acordar Munique inteira – observou Sofia. – A polícia vai chegar, e como faremos para explicar?

– Também aconteceu na noite em que mataram Karl – disse o professor –, e ninguém acordou. O fruto cria uma espécie de barreira dimensional em volta dos Draconianos e das emanações de Nidhoggr, quando seus poderes de dragões e serpes se manifestam. É uma arma para proteger o segredo de Dracônia. Quando, em sua presença, eles se transformam para combater, ficam invisíveis ao mundo externo.

Sofia olhou o fruto brilhante na mão de Ratatoskr. Pensar em um objeto tão extraordinário nas garras de uma criatura sem alma a aterrorizou.

– Agora é o momento de vocês. – O professor a sacudiu.

Foi Fabio quem ditou o tempo.

– Quando eu contar até três – sussurrou. – Um... dois... três!

Quatro pares de asas se abriram em uníssono e se elevaram no céu.

Ratatoskr foi pego desprevenido: Lidja e Fabio se jogaram em cima dele, ela agredindo-o com as garras, ele arremessando chamas. O vilão caiu no chão, dominado mais pela surpresa do que pela potência do ataque. Sofia e Karl miraram diretamente na mão que empunhava o fruto. Foi o garoto quem agiu primeiro: relâmpagos azuis partiram de seus dedos, condensando-se no meio do caminho em flechas de gelo que atingiram a mão de Ratatoskr. Sofia não perdeu tempo e enrolou o membro com um feixe de cipós, tentando arrancar o fruto de sua pegada. Mas não deu certo. O inimigo conseguiu se recuperar rapidamente da surpresa, e seu corpo se envolveu em uma couraça de chamas negras. Lidja e Fabio foram atirados para longe, mas Sofia e Karl tiveram que desistir: o aperto de Ratatoskr era forte.

– Uma armadilha... muito bem... – disse ele ofegante. – Mas vocês não vão me derrotar, não agora que o poder do fruto está comigo.

Fabio tentou jogar suas chamas nele, e Karl fez o mesmo com seu gelo. Tarde demais. Tudo se partiu contra a barreira enegrecida que continuava protegendo o corpo de Ratatoskr. O fruto, em suas mãos, brilhava com reflexos pretos. Sofia teve um pressentimento.

Do fruto partiu uma bolha escura, que em pouco tempo explodiu, preenchendo toda a praça. Os Draconianos foram atacados em cheio. Uma dor lancinante os atravessou da cabeça aos pés: eram as habituais chamas negras que as emanações de Nidhoggr usavam em batalha, mas imensamente

# O preço

mais potentes e letais. E partiam do fruto. A menos que sua natureza seja corrompida, o poder do fruto nunca poderia se manifestar completamente nas mãos de Nidhoggr e seus seguidores, dissera o professor.

Mas talvez o inimaginável houvesse acontecido, talvez o próprio poder da Árvore do Mundo se virara contra eles, talvez Ratatoskr *realmente* houvesse encontrado um jeito de orientá-lo a seu favor. Sofia pensou isso com espanto enquanto caía para trás, quase inconsciente. Sentiu a pancada da cabeça nas placas frias da praça e se viu deitada de costas, debaixo de um céu sem estrelas.

Ratatoskr riu alto, mas sua voz estava cansada quando falou:

– Nada é impossível para o meu Senhor! E agora que suas próprias armas se viraram contra vocês, a única coisa que poderão fazer é sucumbir.

Suas mãos já revelavam-se em sua verdadeira natureza: debaixo da pele dilacerada, mostravam escamas de réptil. Ele mesmo parecia pálido, extenuado, ainda assim indomado. Um raio escuro partiu do fruto, atingindo Fabio e Lidja e arremessando-os para longe, contra a fachada do Rathaus.

– Não! – gritou Sofia.

Ratatoskr virou-se para ela, as mãos que agora estavam banhadas de sangue preto. Ela mal teve tempo de agarrar Karl e tirá-lo da trajetória do golpe. Os dois rolaram, e ainda não tinham conseguido se levantar do chão quando um novo golpe não os acertou por pouco. Ficaram de pé em um pulo e correram para um canto mais protegido, sob as arcadas em frente às lojas, e se agacharam atrás de uma coluna.

– Temos que tirar o fruto dele – disse Sofia ofegante. – Um de nós dois deve distraí-lo.

Karl concordou:

– Deixe comigo.

Sofia pegou-o pelos ombros e olhou-o intensamente nos olhos.

– Tome cuidado e não se exponha demais. Passamos por tudo isso só para salvar você.

– O futuro já mudou, não vai acontecer nada comigo – replicou ele com um sorriso.

Então projetou a cabeça com prudência, e um raio negro quase o atingiu.

– Saiam daí, covardes! Vocês são quatro e mesmo assim não são capazes de me derrotar. É hora de encerrar a luta!

Karl tomou fôlego.

– Agora! – gritou, e de seus dedos partiram de novo relâmpagos azuis, que desenharam arabescos de gelo por toda a praça. Alguns acertaram o alvo: imprecisos demais para infligir grandes estragos, mas suficientes para distrair o inimigo.

Sofia jogou-se para a frente, na direção de Ratatoskr, enquanto Karl continuava a golpeá-lo sem trégua. Suas mãos agora estavam completamente azuis

# O preço

e escamosas, com grandes unhas afiadas: as patas de Aldibah. Sofia podia ouvir os gritos que acompanhavam cada golpe. O ataque parou apenas um instante, quando ela estava perto do inimigo. Invocou as próprias garras, segurou o fruto com todas as forças e o puxou para si. Enfim o globo se soltou da mão de Ratatoskr, levando com ele dois dedos congelados. Sofia rolou no chão, mas, antes que pudesse se levantar, Ratatoskr já havia se recuperado.

– Maldita! – bradou.

Estava pálido como um fantasma, suado, via-se que sofria. Mas não derrotado: com um raio de chamas pretas atingiu Sofia, arrancando da mão dela o fruto arduamente recuperado. Agora o objeto não mostrava mais nenhum reflexo negro, mas voltara para seu esplêndido azul original. Rolou pela praça inteira, e Sofia o seguiu com o olhar desesperado. Não havia sido atingida com gravidade, mas mesmo assim não conseguiria alcançá-lo antes de seu adversário. Foi justamente quando temia que tudo estivesse perdido que o viu. Karl, as asas azul-escuras escancaradas nas costas, voava rasante a toda velocidade em direção a eles. Não tinha mais nada do menino atrapalhado que conhecera: em seus olhos havia uma segurança de guerreiro experiente, e seu voo era elegante, preciso. Pegou o fruto e o apertou ao peito, depois se virou rápido.

Estava feito. O fruto estava nas mãos deles. Agora precisavam apenas manter Ratatoskr ocupado até

Karl levar o globo em segurança, e tudo voltaria ao seu lugar. Haviam conseguido, enfim: haviam mudado o futuro.

Foi como em um pesadelo que Sofia a viu: uma figura miúda, animada, porém, por uma força irrefreável, que voava na direção deles com a velocidade de um pássaro em descida a pique. Nida.

– Karl! Cuidado! – berrou Sofia, mas já era tarde demais. O golpe havia sido disferido, e o garoto nunca teria tempo de se esquivar.

Sofia apertou os olhos. Estava acabado. A Senhora dos Tempos era realmente um objeto terrível, e o tempo era uma fera impossível de domar. Depois de todo o esforço e a dor que suportaram, tudo terminava como da primeira vez. Só que agora não havia chance de volta. Agora perderiam para sempre.

Justamente naquele instante, ouviu um grito sufocado. Não parecia a voz de Karl. Era a de uma mulher. Sofia abriu os olhos e viu: entre Nida e Karl surgira Effi. Seu corpo se curvou devagar sob as chamas negras de Nida, como em câmera lenta. Prostrou-se no chão sem mais um gemido. O tempo pareceu congelar. Pouco distante, uma voz berrava fora de si, uma voz que Sofia conhecia bem. O professor.

– Effi, não!

# 20
# Vitória e derrota

O professor correu em direção ao corpo de Effi e o pegou do chão, continuando a gritar seu nome, desesperado.

Karl, as asas imóveis no ar gélido, parecia petrificado. No rosto de Nida desenhara-se uma risadinha impiedosa.

– Agora é a sua vez – rosnou.

Karl não se livraria: parecia desinteressado pela batalha, e a única coisa que podia fazer era olhar Effi e o professor, imóvel. Foi Lidja que o empurrou para fora da trajetória do relâmpago de Nida e salvou sua vida. Em suas costas, as asas de Rastaban haviam brotado de novo.

– Fuja! – gritou para ele.

Karl olhou-a embasbacado, o fruto nervosamente apertado ao peito.

– Eu disse para você fugir, ou terá sido tudo inútil!

Sofia levantou-se de um pulo e correu para ajudá-la, atirando-se em cima de Nida com suas garras. As duas embateram no ar, confrontando-se em um acirrado corpo a corpo.

Mas Lidja não conseguia provocar nenhuma reação em Karl. Sacudiu-o com violência:

– Você tem que ir embora, entendeu? Tem que levar o fruto em segurança! Nós cuidamos de Effi, não podemos permitir que aconteça alguma coisa com você: se você morrer, a Árvore do Mundo morrerá junto.

Só então o garoto pareceu tomar consciência do que estava acontecendo e da verdade terrível das palavras de Lidja.

As asas azuis explodiram em suas costas, e ele estava no céu.

Nida arremessou mais um golpe na direção dele, mas Lidja o interceptou imediatamente.

– Antes, você vai ter que se ver com a gente – sussurrou. Em suas costas, as asas de Rastaban bateram, e a luta começou.

Ratatoskr tentou reagir. As mãos machucadas deviam lhe fazer um mal terrível, porque as mantinha apertadas contra o peito, o rosto contraído pela dor. Mas o medo do castigo que Nidhoggr lhe aplicaria se deixasse o fruto escapar era mais forte do que qualquer sofrimento. Fez menção de seguir os rastros do menino, mas encontrou Fabio a sua frente, um sorriso feroz no rosto.

# Vitória e derrota

– Não tão rápido! – exclamou o garoto, raivoso.
– Você não pode me derrotar e sabe disso – arfou Ratatoskr.
Fabio não parou de rir malignamente.
– Antes, talvez, mas não agora. Eu melhorei, sabe? Já você se enfraqueceu. Enquanto estava com o fruto, podia até conseguir. Ele dava força a você, não é? Mas ao mesmo tempo consumia suas energias.
Ratatoskr arreganhou os dentes e então gritou. Seu corpo se transfigurou, mostrando-se em seu verdadeiro aspecto. O elegante garoto de modos afetados desapareceu, e em seu lugar surgiu uma criatura monstruosa. Seus membros se alongaram até se estenderem nas espirais sinuosas e ondulantes de uma serpe. A pele, escamosa, era de um roxo escuríssimo que no ventre se transformava em um preto tenebroso. Os braços estavam presos diretamente a enormes asas membranosas, esticadas entre dedos compridíssimos dotados de garras afiadas. Algumas estavam partidas, mas as inteiras davam a impressão de ser letais como navalhas. As patas posteriores estavam armadas de lâminas igualmente cortantes, e a longa cauda terminava em dois ferrões aguçados. O rosto era o de uma serpente, inflamado por uma risadinha demoníaca que deixava à mostra duas fileiras de presas cândidas. A face ainda estava atravessada por uma cicatriz esbranquiçada, e os olhos amarelos de réptil brilhavam de um ódio ilimitado.

Fabio tremeu. As lembranças de Eltanin lhe diziam que aquela não era de fato uma serpe, porque as criaturas contra as quais tinha lutado nos tempos passados eram muito maiores, mas a maldade e o poder que transpiravam eram inequivocamente os de Nidhoggr. O inimigo estava naquele corpo, e isso tornava Ratatoskr ainda mais temível do que qualquer serpe.

O garoto recuou por instinto, então cerrou os punhos e tomou coragem.

*Você padeceu muito para chegar até este ponto*, Eltanin lhe sussurrou. *Não pode recuar. E não esqueça que, no passado, você já derrotou criaturas desse tipo.*

Ratatoskr rugia ao céu como se quisesse dilacerá-lo.

— Achou que eu tinha jogado todas as minhas cartas? Iludido! Você me provocou e agora vai se arrepender!

A serpe jogou-se contra ele, e os dois rolaram no chão, agarrados em um corpo a corpo mortal.

Nida partiu atrás de Karl, mas Sofia atirou nela um cipó e agarrou firmemente seu tornozelo, detendo-a no ar.

Lidja concentrou-se, o sinal queimando em sua testa, e sentiu o fluxo de energia que alimentava os relâmpagos pretos. O experimento que conduzira em Karl a tornara mais consciente do próprio poder, e agora conseguia usá-lo quase com desenvoltura:

## Vitória e derrota

com a telecinesia soltou um grande poste de luz e o arremessou em Nida, fazendo cessar a saraivada de relâmpagos.

Sofia sentia um vigor novo atravessar seus membros. Naquela noite, havia *realmente* se unido a Thuban: era seu sangue que corria nas veias dela, e o poder do dragão fluía nela tão puro e límpido que o sentia transbordar. Quando se deu conta, viu que seu corpo estava envolvido por uma espécie de couraça. Sua pele parecia coberta de escamas, as pernas haviam se transformado em patas de dragão, e atrás das costas abria-se uma comprida, diáfana cauda. Estava adquirindo o corpo de Thuban, embora através de seus membros transparentes ainda pudesse ver seu próprio físico delicado de menina. Mas não teve tempo de se alegrar com aquele novo estágio de seu poder, porque aos poucos o corpo de Nida também começou a mudar. Pernas e braços se alongaram de modo inatural, a pele se cobriu de escamas, e a cabeça tornou-se a de uma serpe.

– Ela está se transformando! – gritou Lidja.

– Temos que agir rápido – disse Sofia com determinação, e multiplicou os cipós em volta do corpo da inimiga, mas pareciam nunca ser suficientes. Explodiam ao simples contato com a pele de Nida e, à medida que sua aparência mudava, sua força também parecia aumentar proporcionalmente. Sofia cobriu os cipós com uma seiva esverdeada, a mesma que usara durante o último embate, em Benevento:

aquele troço era capaz de inutilizar o efeito dos relâmpagos pretos e, além do mais, também devia ser tóxica para Nida, porque ao contato sua pele fumegava. Ainda assim, essa arma também não era suficiente para cansá-la.

Então, de repente, algo aconteceu. Um grito rasgou o silêncio da noite, e Nida pareceu ter se petrificado. Sua transformação regrediu rapidamente, seu corpo voltou a ser o de uma garota e deslizou através dos cipós até o chão, onde caiu de joelhos. Levou as mãos à cabeça, como se uma dor repentina a tivesse atravessado.

— O que... — balbuciou Lidja confusa, virando-se. Foi então que ela e Sofia viram a cena.

Fabio evocou os próprios poderes ao máximo e jogou-se para a frente de cabeça baixa. Ratatoskr, agora, tinha mais de dois metros de altura, e suas asas se abriam por pelo menos três. Era enorme e terrível, ocupando o meio da praça, mas Fabio se esforçou para ignorar o terror instintivo que aquela visão lhe provocava. Libertou as garras, envolveu o próprio corpo em chamas e segurou Ratatoskr pelos quadris. Rolaram no chão, iluminando a noite de lampejos pretos e avermelhados.

Ambos se golpeavam com ferocidade, em um emaranhado de asas e garras. O corpo de Fabio aos poucos se cobria de cortes vermelhos, e o de Rata-

## Vitória e derrota

toskr de feridas pretas desbeiçadas das quais pingava seu sangue pegajoso.

O inimigo parecia ter encontrado um vigor novo em relação à última vez que tinham lutado. Os relâmpagos negros queimavam a carne como chama viva. Fabio sentia dor em todos os lugares e, sobretudo, se sentia dominado. Entendia agora que estava combatendo contra uma criatura milenar que extraía força da semente de todo o mal, da serpe que havia sido capaz de devorar as raízes da Árvore do Mundo até fazê-la secar. O que ele podia contra tal poder e tal ódio? A pegada ferrenha de Ratatoskr o imobilizava no chão, e seus esforços para se soltar não adiantavam. Sentia os ossos dos braços cederem enquanto tentava repelir as garras daquele ser, a caixa torácica se esmagar sob o peso daquele corpo imenso. Procurou resistir, mas Ratatoskr diminuía cada vez mais a distância que os separava até que sua boca se escancarou perto de seu rosto. A arcada de presas disparou para a frente e afundou na carne de seu ombro. Fabio berrou desesperado para o céu. Nunca tinha sentido uma dor semelhante em sua vida.

"Estou perdido", pensou. "Não tenho mais saída!"

Foi justamente enquanto tocava o fundo do poço que encontrou a força para reagir, como se algo se iluminasse nele, dentro de seu peito, um poder novo e desconhecido que lhe dava vigor e o incentivava a ainda lutar.

*Não pode terminar assim, não de novo. Naquela época também nos mataram, naquela época também alguém afundou os dentes na nossa carne. Mas desta vez será diferente,* tem que *ser diferente. Você pode conseguir, juntos podemos conseguir. Ele está exausto, você sabe disso. É seu último ataque, esgotou todas as forças nessa metamorfose. É hora de golpeá-lo.*

Isso lhe foi sussurrado por uma voz que conhecia, das profundezas de seu ser. Fabio arregalou os olhos e em um instante soube que não era mais ele. Sentiu o próprio corpo diferente, *transformado*. Não mais seu rosto de garoto, não mais seus membros magros. Agora *era* Eltanin, em carne e osso.

Rugiu para o céu e tirou Ratatoskr de cima de seu corpo, atirando-o para longe, na coluna no meio da praça. Depois se jogou nele e o mordeu. Montado no inimigo, afundou os dentes em sua carne, saboreou o gosto repugnante de seu sangue, cortou e rasgou com as garras. Sentiu-se de novo como nos tempos passados, naquela última, gloriosa batalha em que dera a vida para proteger o fruto, lutando sozinho contra as serpes. Aliás, era até melhor do que naquela época, sentia-se cheio de um vigor novo, e tudo tinha um sabor mais intenso: o da vingança. Porque aquele era seu modo de combater, porque nele não havia apenas a luz benéfica da Árvore do Mundo, mas também algo de sutilmente obscuro, algo que devia sempre manter reprimido e sob controle, mas que às vezes explodia violento e selvagem.

## Vitória e derrota

Quando, enfim, levantou a cabeça, Ratatoskr não era mais uma serpe. Seu poder havia se consumido completamente, e ele voltara à aparência humana. Havia sangue, muitíssimo sangue negro. Fabio parou. Suas garras também voltaram a ser simples mãos, e seu corpo era o de um garoto normal de 15 anos. Ofegante, permaneceu um instante montado no inimigo, já derrotado. Seu olhar cruzou com o de Ratatoskr, ainda habitado por um ódio inextinguível. Porque Nidhoggr era um mal, nada podia apagá-lo, porque odiar era sua natureza. E aquele olhar lhe dizia que não importava quanto mal lhe tinha feito. Ele se recuperaria a qualquer custo e o procuraria onde quer que estivesse para fazê-lo pagar. Fabio evocou a chama na própria mão, consumindo o último resíduo de energia que aquele combate furioso lhe deixara. Esperou que brilhasse majestosa, canalizou nela todo o seu poder e enfim apoiou-a no peito de Ratatoskr, que soltou um grito pungente para o céu.

A chama devorou rapidamente o corpo de Ratatoskr. Quando o lampejo se apagou, no chão havia apenas cinzas, e Fabio estava imóvel, como petrificado.

– Não! – berrou Nida, as mãos nervosamente apertadas ao redor das têmporas, a cabeça virada para o céu. – Não!!!

Viram Fabio se prostrar no chão. Sofia acorreu imediatamente ao encontro dele.

Nida ergueu sobre Lidja um olhar repleto de rancor e dor. Parecia extenuada por um sofrimento atroz que lhe roubara todo o poder.

– Vocês venceram uma batalha – disse –, mas não importa quantas perdas teremos que sofrer: a vitória será nossa no fim. – Depois disso, deu um salto e foi embora voando.

Lidja ficou parada no ar, sem conseguir entender. Então foi até Sofia.

– Mas o que aconteceu?

A garota segurava a cabeça de Fabio nas mãos. Ele tinha um dos ombros machucado por uma espécie de mordida e estava pálido. Embaixo dele, cinzas. Sofia lhe indicou com mão trêmula.

– Ele o matou – arfou. – Ele matou Ratatoskr.

Lidja não acreditava em seus olhos. Até aquele momento, nenhum deles nunca havia cometido um gesto desse tipo. Talvez ninguém nunca tivesse sequer pensado nisso: matar um inimigo. Mas aquilo era uma guerra, uma guerra milenar na qual se morria e se matava. E Fabio o fizera. Tinha matado Ratatoskr.

– Temos que levá-lo até o professor – disse Sofia, abalada. – Está machucado, ele tem que cuidar dele.

Fabio mal abriu os olhos.

– Você consegue andar? – perguntou Lidja. Ele concordou. Sofia o levantou, e juntos mancaram até a esquina da praça, onde Effi e o professor os esperavam.

— Está morto? – perguntou Fabio com um fio de voz.

Sofia enrijeceu-se.

— Sim – murmurou. – Você o matou.

Ela esperava uma expressão de triunfo. Mas Fabio ficou quieto. O silêncio envolveu os dois, derrotados pela enormidade do que havia acontecido.

Encontraram o professor na mesma posição em que o haviam deixado. Effi, palidíssima, jazia em seus braços.

— Professor... – disse baixinho Sofia. Ele não respondeu.

Teve que chamá-lo algumas vezes antes de conseguir fazer com que levantasse o olhar. O que viu a deixou sem fôlego. O professor chorava. Não o choro com que estava acostumada no orfanato, o das crianças, simples e inocente. Era um pranto silencioso, dilacerante, que transfigurava todo o seu rosto. No lugar do homem forte e alegre que conhecia, havia um ser fraco e destruído.

— Está morta – disse apenas.

Sofia levou a mão à boca. Ela quase a considerara uma inimiga durante toda aquela aventura, a invejara por causa de sua relação com o professor, a considerara uma intrusa. E agora não existia mais. Agora nunca poderia se desculpar com ela, nem se tornar sua amiga. Só nesse momento percebia o quanto Effi era necessária ao professor, quais laços haviam se instaurado entre os dois nos poucos dias que compartilharam. Sentiu seus olhos arderem e uma dor surda encher seu peito. Permaneceram imóveis, na praça deserta e gelada. O professor começou a soluçar baixinho.

Foi aquele o adeus deles a Effi, o início e o fim da absurda aventura dos últimos dias.

# Epílogo

Sofia arregalou os olhos. Havia muita luz, tanta que levou o braço ao rosto para não ser ofuscada.

Não entendia.

Um instante antes estavam em Marienplatz, em plena madrugada, e o professor estava debruçado sobre o corpo sem vida de Effi. Depois, de repente, uma grande luz.

Afastou o braço devagar, apertou os olhos na luminosidade quente que a atingia e tentou entender onde estava. Os contornos de um quarto branco se desenharam aos poucos, emergindo da claridade difusa de uma manhã de sol. Seu quarto em Castel Gandolfo. Reconhecia até o cheiro dele.

Ainda assim, ter voltado para casa não lhe transmitiu uma sensação de alívio e de alegria, como havia imaginado. Em vez disso, sentia uma melancolia profunda apertar a boca do estômago.

A Garota Dragão

Levantou-se e foi à janela. Abriu-a, e um ar perfumado encheu o quarto.

Era estranho passar do frio de Munique à doce tepidez de Roma. Parecia que a primavera havia varrido para longe o inverno em um instante. O lago brilhava sob um céu azul cintilante, e Sofia pensou na neve de Munique, no vento cortante que soprava em Marienplatz naquela noite. Pensou em Fabio, em Karl. Em Effi.

Abriu a porta. Lidja já estava diante do seu quarto, de pijama. Olhava-a desorientada.

– Acabou tudo? – perguntou, confusa.

Sofia não respondeu. Desceram as escadas juntas, em volta da grande árvore que brotava no centro da casa. No andar de baixo o professor as esperava. Ainda tinha os olhos reluzentes, e aos seus pés estava o fruto. Brilhante com seu azul mesclado de azul-escuro, furta-cor, falava de vitória. Mas ninguém sentia ter realmente vencido. Claro, tinham salvado Karl e recuperado o fruto, mas o preço a pagar havia sido alto: Effi estava morta, e Fabio matara um de seus inimigos.

– Professor, conseguimos? – perguntou Lidja.

O professor Schlafen não respondeu. Os punhos contraídos, a cabeça baixa, estava parado diante da árvore.

Sobressaltou-se somente após alguns instantes.

– Sim, acho que sim.

# Epílogo

– Mas... o que aconteceu? – quis saber Sofia. – Por que acordamos aqui, como se nada tivesse ocorrido? Ainda faltavam quatro dias para o fim da nossa viagem ao passado.

– O tempo que a clepsidra nos concedeu se esgotou com o cumprimento da missão – explicou o professor. – A Senhora dos Tempos foi construída com elementos da Árvore do Mundo: não é uma máquina do tempo comum, como aquelas sobre as quais vocês leram nos livros. Cada objeto que nasce de sua resina ou de sua casca só pode estar em perfeita sintonia com a natureza. E o tempo também participa desse desenho harmonioso. No momento em que o Draconiano foi salvo, o tempo nos reivindicou para si. Violar seu fluxo natural além do necessário poderia ter efeitos devastadores para o equilíbrio do mundo. Por isso, a clepsidra nos trouxe de volta ao futuro, ou melhor, ao segundo futuro possível que geramos.

Então ele se inclinou e pegou o fruto.

– É o caso de colocá-lo em segurança – acrescentou com um sorriso forçado e se dirigiu triste ao calabouço. Lidja e Sofia permaneceram imóveis no último degrau da escada.

– Mas se tudo deu certo, por que me sinto tão... derrotada? – perguntou Lidja.

Sofia não teria sabido descrever melhor o que sentia.

\*\*\*

Karl estava em Munique. O professor o encontrou com um simples telefonema. Conversaram longamente, e, quando terminaram, ele explicou que logo o Draconiano se juntaria ao grupo. – É só o tempo de cuidar da papelada, e ele virá ficar conosco.

De Fabio, porém, não havia nenhuma pista. Provavelmente ele também, como Karl, os vira desaparecer de repente daquela praça, o lugar de onde tudo havia partido. Sofia pensou durante um bom tempo em onde podia estar e o que estava fazendo.

O que havia acontecido cavara mais um abismo entre eles e Fabio, mas de algum modo também percebia que agora ele era um deles por completo. Desta vez sentia que voltaria, assim que tivesse acertado as contas com o que ocorrera. Porque, claro, perseguira a vingança por muito tempo, mas uma coisa era desejá-la, e outra levá-la a cabo de fato, e o olhar que vira nele em Marienplatz revelava quão pouca satisfação extraíra de sua vitória pessoal.

– A Senhora dos Tempos é um artefato perigoso demais, ninguém mais deverá usá-lo no futuro – explicou o professor. – Neste momento, ainda está em Munique, no apartamento de Effi. Quando eu for buscar Karl, eu a destruirei.

– Pode até ser um artefato terrível, mas no fim nos ajudou a nos salvarmos, não? Karl está vivo e bem, e nossa batalha continua – observou Lidja.

# Epílogo

O professor sorriu com tristeza.

– Effi pagou por todos. Não apenas salvou Karl e a missão, mas também cada um de nós. Este é o nosso destino: nos dedicarmos de corpo e alma a essa luta, nos dedicarmos a ela completamente, até que ela nos consuma.

Enfiou a mão no bolso e tirou um envelope branco. Com uma caligrafia pequena e ordenada, estava escrito: *Para Georg e meus companheiros de aventura dos últimos dias.*

– Eu o encontrei no meu bolso. Provavelmente Effi colocou lá ontem, antes que os acontecimentos se antecipassem – suspirou. – Havia uma razão para o que ocorreu, uma razão que Effi conhecia bem até demais.

Abriu o envelope devagar, como se fosse uma relíquia à qual se deve render a máxima reverência. Começou a ler à meia-voz, traduzindo do alemão.

E Sofia nunca esqueceria as palavras que ouviu naquele dia:

*Querido Georg, queridos Lidja, Sofia e Fabio, queridíssimo Karl,*

*Quando lerem esta carta, já terá acontecido o que deve acontecer. Talvez vocês não entendam, portanto lhes devo uma explicação. A Karl, principalmente.*

*Georg disse que o que fiz não foi culpa minha. Ele disse que eu havia sido sujeitada e não podia fazer nada a respeito. Mas eu sei que não é verdade. Quando ele me tratou, eu me lembrei do momento em que traí. Lembrei ter encontrado Nida e lembrei que ela me fez uma proposta: ser uma pessoa normal, abrir mão dos meus poderes e esquecer tudo, Dracônia, a missão, até mesmo Karl. E naquela noite eu disse sim. Porque eu estava cansada, desanimada, porque estava sozinha. Era uma armadilha, e agora eu sei e vocês sabem. Mas naquele momento eu só queria me livrar de um peso que estava me matando, só queria viver como todos os outros.*

*Essa foi a minha culpa, e foi imperdoável. Porque colocou em perigo a vida de Karl e a de todos vocês. Por isso não sou inocente e mereço sofrer as consequências dessa aventura em que nos metemos.*

*A Senhora dos Tempos exige um preço. É um objeto realmente perigoso, por muitos motivos. Descobri isso há pouco: exige uma garantia para modificar o curso dos acontecimentos. Se você quiser mudar algo do passado, tem que pagar à clepsidra um preço equivalente à mudança que quiser fazer. Se quiser salvar uma vida, deve oferecer outra. Significa que, antes que tudo volte ao seu lugar, alguém de nós deverá morrer no lugar de Karl. Acho que sou a pessoa mais indicada.*

*Vi Karl morrer. Eu o vi sumir da minha vida e foi horrível. E agora sei que foi tudo culpa minha. Por isso é justo que eu morra. Os Draconianos*

# Epílogo

são indispensáveis à missão, e você, Georg, é mais uma pessoa que não posso me permitir perder. Portanto, só resto eu, a traidora.

Espero que entendam. Georg o fará, eu sei. Para você, Karl, talvez seja mais difícil. Mais ainda porque saberá que o enganei uma vez, que acabei me entregando ao inimigo apenas para poder ser livre. Nós nos confessamos isso muitas vezes, lembra? Que gostaríamos de ser como os outros. E eu dizia a você que tínhamos que aceitar nosso destino, que um dia acabaria, que não deveríamos nos render. Me desculpe por não ter tido a força de ser leal ao que tinha lhe prometido. Saiba que amo muito você e que este amor eu levarei comigo quando acontecer o que deve acontecer, e que meu afeto estará com você para sempre. Sei que irá até o fim, porque você é forte, porque agora também tem companheiros vigorosos. Sua mãe nunca o deixará realmente sozinho.

Em relação a vocês todos, estou contente por tê-los conhecido. Se tivessem chegado antes na minha vida, talvez tudo isso nunca tivesse acontecido, e a Senhora dos Tempos ainda estaria lá no Deutsches Museum. Mas infelizmente essa é uma coisa do passado que não podemos mudar. De todo modo, foram bons esses dias juntos.

Adeus, e nunca se rendam.

*Effi*

Este livro foi impresso na gráfica JPA Rio de Janeiro, RJ.